信使的遺產

魔印人短篇集

MESSENGER'S LEGACY

AND OTHER STORIES

PETER V. BRETT

彼得·布雷特——著　　戚建邦——譯

書評推薦

布來楊黃金鎖

「樂趣無窮的冒險。」

——《軌跡》雜誌（*Locus*）

「美好的閱讀旅程，充滿動作與冒險，亞倫再度展現強烈的正義感，〈布來楊黃金鎖〉恰能提醒讀者亞倫的性格本質。」

——SF Crowsnest 書評

「非常重要的一篇故事……千萬不要錯過！」

——科奇幻評論網站 Fantasy Faction

「〈布來楊黃金鎖〉是布雷特廣闊故事版圖中一段十分有趣的插曲，讓老粉絲大聲讚嘆，也能把新讀者引誘進來……極度推薦。」

——SFFWorld.com 書評

大市集

「史詩奇幻書迷絕對會喜歡，布雷特平易近人且慧黠的文字總讓讀者意猶未盡。」

——沙加緬度書評（*Sacramento Book Review*）

「高度享受……不僅讓忠實粉絲樂在其中，也絕對能吸引到新讀者。」

——舊金山書評（*San Francisco Book Review*）

「這篇短篇的看點無疑是讀者獲得更多與商人阿邦共處的時光，克拉西亞文化不但令亞倫著迷，也讓作者深受吸引，而亞倫的這位克拉西亞朋友更提供了一套獨到見解。」

——SF Crowsnest 書評

「我愛死這篇短篇了……一切恰到好處，最上乘之作。」

——科奇幻評論網站 Fantasy Faction

「快去讀！這本書太好看了！」

——Only the Best Science Fiction & Fantasy 書評

「我常把這類短篇故事當作送給系列作書迷的禮物。短篇如同電影中被刪掉的鏡頭，替我們已熟知的故事更添深度。這些故事同時讓我們淺嚐了布雷特筆下的黑暗之美。」

——The Guilded Earlobe 書評

「愛死了，我會毫不遲疑地推薦這本書，書迷們絕對要買來一讀。」

——書評部落格 *Walker of Worlds*

信使的遺產

「彼得筆下的世界如此晦暗且令人不安，充滿了既迷人又駭人的惡魔……如果你喜愛彼得・布雷特的前作，那這篇短篇正是你需要的，一解對系列作第四集的強烈渴望……彼得每本書的主題不脫友誼、愛情、勇氣，以及在絕境中求生，而這篇短篇故事巧妙地將所有要素編織在一起。《魔印人》系列又添傑作。」

——科奇幻評論網站 Fantasy Faction

「《魔印人》系列的老讀者保證會喜愛〈信使的遺產〉，布雷特創造出了惡魔肆虐的世界，如此令人著迷……我享受與書中角色們相處的每一刻，期待能讀到更多他們的故事。」

——Fantasy Literature 書評

「布萊爾或瑞根（或者兩人一起）在黑夜中對抗地心魔物的場面令人讚歎——作者持續拓展讀者對世界上惡魔的了解……絕佳的短篇故事，同時也是系列作第四集《頭骨王座》的美妙前奏……我極力推薦這部系列小說，非讀不可。」

——書評部落格 Civilian Reader

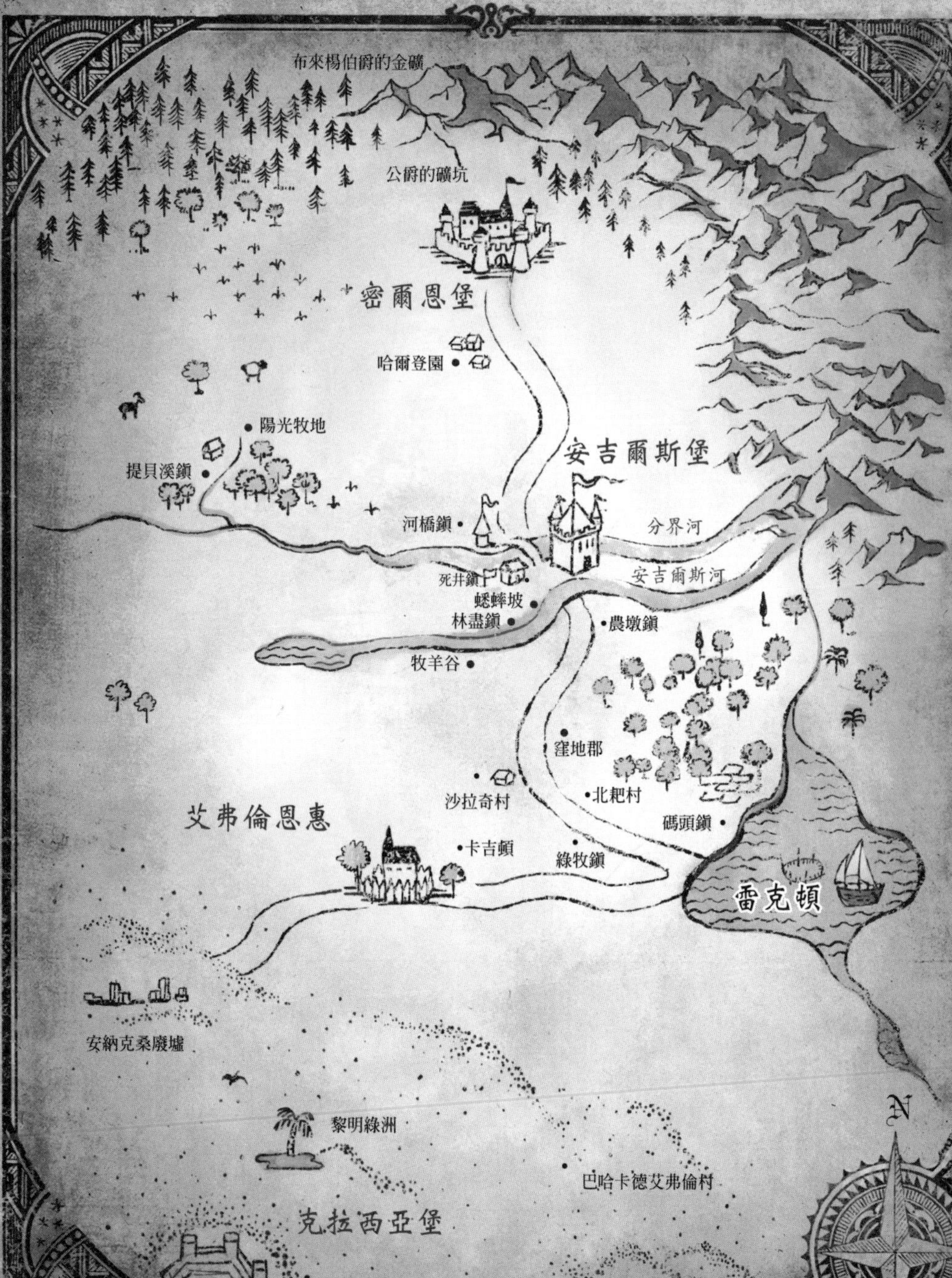

布來楊伯爵的金礦
公爵的礦坑
密爾恩堡
哈爾登園
陽光牧地
提貝溪鎮
安吉爾斯堡
河橋鎮
分界河
死井鎮
安吉爾斯河
蟋蟀坡
林盡鎮
農墩鎮
牧羊谷
窪地郡
沙拉奇村
北耙村
艾弗倫恩惠
碼頭鎮
卡吉頓
綠牧鎮
雷克頓
安納克桑廢墟
黎明綠洲
巴哈卡德艾弗倫村
克拉西亞堡
N

MESSENGER'S LEGACY
AND OTHER STORIES

信使的遺產：魔印人短篇集【目錄】

布來楊黃金鎮　324 AR

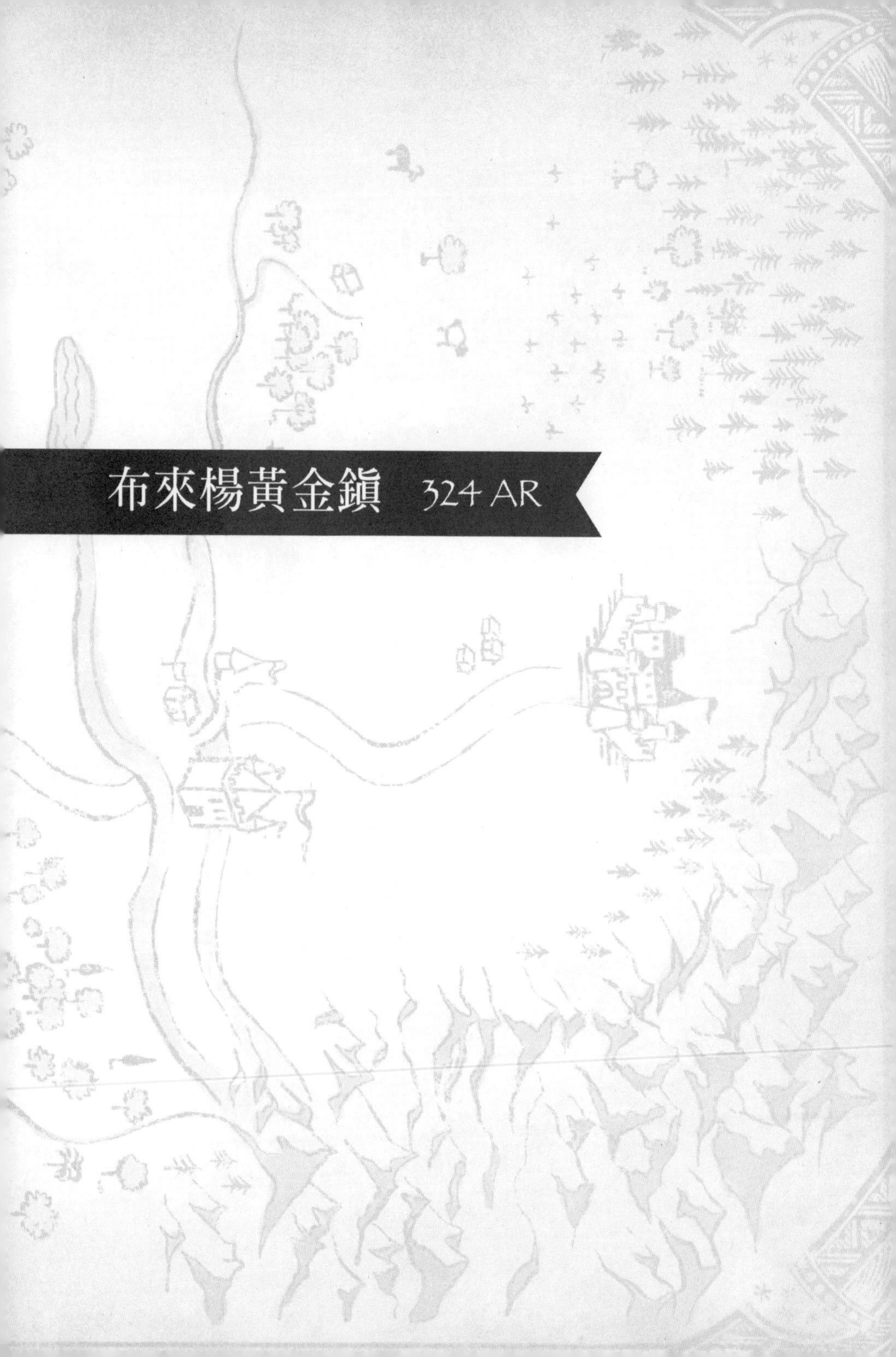

作者的話

一切都是麥特的錯。

眞的，要不是我朋友兼長期試讀讀者麥特．伯金的緣故，這篇短篇故事八成生不出來。他之前讀過早期版本的《大市集》，而在那個故事裡亞倫提過，曾在缺乏適當魔印保護自己時遭遇雪惡魔一事。

「亞倫在什麼時候遇上雪惡魔？」麥特問。「我錯過那個故事了嗎？」

「沒有那個故事啦。」我說。「我只是提醒讀者，亞倫早年幫信使公會做事的時候，也曾經歷過許多冒險。」

「好吧，這下你得把這個故事寫出來了。」麥特說。

「爲什麼？」我問。我喜歡點到爲止的過往事蹟。

「老兄，」麥特說，「你要放棄描寫雪惡魔的機會？」

非常有力的論點。不過我太忙了，沒辦法抽空去寫。我把這個靈感擱置了超過一年，但那一整年我沒事就會想到那頭可惡的雪惡魔，心知自己很快就會讓可憐的亞倫冷得牙齒打顫。

我趁完成《沙漠之矛》和正式展開《白晝戰爭》之間的空檔，寫下了這個故事——《布來楊黃金鎮》，第二篇設定在《魔印人》系列中的獨立故事。

我真的很喜歡這種形式，因爲這樣我可以講述不方便寫入大長篇裡的短篇故事，吸引新讀者進入這個系列，也介紹其中幾個角色，並讓長期支持的讀者以更宏觀的角度看待這個世界，還可以讓等系列作等得不耐煩的讀者解饞。Subterranean Press十分貼心地以美麗的限量版出版這些故事，給我一種非常私人的感覺，就像這些故事一樣。

這本書又更特別了點，因爲除了故事，美國版還請來才華洋溢的羅倫．K．卡南（www.navate.com）繪製封面和內頁插畫。打從二〇〇七年我首度賣出《魔印人》版權以來，她就一直幫我設計魔印和繪製網頁圖片。羅倫十分成功地將我筆下的角色和魔法符號化爲實際影像，我很榮幸這本書可以再度與她合作。

不管你是新讀者還是舊讀者，都很歡迎。希望你喜歡《布來楊黃金鎭》。

如果不喜歡，去怪麥特。

彼得．V．布雷特　二〇一〇年八月

www.petervbrett.com

布來楊黃金鎮　324AR

「不要動。」卡伯一邊調整護甲，一邊喃喃說道。

「鋼板插到大腿裡時想不動很難。」亞倫說。

寒冷的早晨，離天亮還有一小時，亞倫已經在新護甲裡汗流浹背，新護甲採用堅硬的實心鋼板，關節處以鉚釘和鍊環固定。他裡面穿了襯墊背心和褲子，防止鋼板壓進皮膚，不過當卡伯扯緊鍊環，那些衣物根本沒什麼效果。

「所以才更要確認我幫你穿好了，」卡伯說。「穿得越合身，被惡魔追趕時就越不會被鋼板插到。信使的動作得快。」

「看不出來我全身包著棉被，還揹了七十磅重的鋼鐵能快到哪去。」亞倫說。「而且這天殺的鬼玩意兒就和火焰唾液一樣熱。」

「等你走在通往公爵礦坑那條寒風冷冽的山道上，你就會很高興它這麼溫暖了。」卡伯勸道。

亞倫搖搖頭，舉起沉重的手臂，看著自己費了好大的工夫才用小槌子和鑿子在鋼板上刻下的魔印。這些防禦魔印威力強大，可以抵擋多數惡魔的攻擊，不過，儘管護甲能提供保護，他還是覺得受困其中。

「五百金陽幣。」他若有所思地說。那是護甲匠向他收取的價錢，接著花了好幾個月鑄造這套護甲。這筆錢能讓亞倫成爲家鄉提貝溪鎮上第二有錢的人。

「救命的東西千萬不要省。」卡伯說。他是資深的信使，這些都是經驗談。「要打造護甲，你就要找城裡最頂尖的鐵匠，不惜成本訂購最頂級的商品。」

他伸出一指指向亞倫。「永遠都要……」

「……親手刻印。」亞倫耐心點頭，與老師一起說完這句話。「我知道，你說過一千次了。」

「如果要這樣才能把話刻上你那顆石頭腦袋，我還會再說十萬次。」卡伯拿起沉重的頭盔，套在亞倫的腦袋上。頭盔內部也有襯裡，很合他的頭形。卡伯以指節用力敲了一下，不過亞倫沒什麼感覺，只聽到敲擊聲。

「柯克說你們要去哪座礦坑？」卡伯問。身爲學徒，亞倫只能在有執照的信使陪同下外出處理公會事務。公會把他派給柯克——一名年紀大又經常喝醉的信使，通常只接短程任務。

「歐可的煤礦。」亞倫說。「兩個晚上的路程。」目前爲止，他只和柯克跑過一天內能抵達的地方。這是他們第一次得架設攜帶式魔印圈，露宿道旁並抵擋地心魔物。

「對初次在野外露宿的人來說，兩個晚上已經很多了。」卡伯說。

亞倫哼了一聲。「我十二歲就在野外露宿過更長的時間了。」

「沒記錯的話，那趟旅程後，瑞根縫在你傷口上的線超過一碼長。」卡伯說。「不要因爲那麼一次走運就得意忘形。任何活著的信使都會告訴你，露宿野外是因爲必要，而不是想要。想要露宿野外的人只有死路一條。」

亞倫點頭，但就連點頭都有種不誠實的感覺，因爲他們兩個都清楚他眞的想要露宿野外。即使已經過了這麼多年，亞倫知道自己還得證明一些事。對他自己，也對黑夜。

「我想看看高層礦坑。」他說，這是眞話。「據說從那個高度可以俯瞰全世界。」

卡伯點頭。「不騙你，亞倫。就算世界上還有比那裡更美麗的風景，我也從來沒見過。就連克拉西亞的達馬基宮殿都相形失色。」

「據說高層礦坑有雪惡魔出沒。」亞倫說。「它們的鱗片冰得就連口水噴到都會被凍碎。」

卡伯嘟噥一聲。「稀薄的空氣讓人產生幻覺。我去過那些礦坑至少十幾次，從沒見過雪惡魔，也沒聽過任何可信的傳言。」

亞倫聳肩。「那並不代表雪惡魔不存在。我在圖書館裡讀過，它們會待在山峰上，因爲那裡的積雪終年不化。」

「我警告過你不要太相信圖書館裡的書，亞倫。」卡伯說。「那裡面的書大都是惡魔回歸前寫的，當時世人認爲惡魔只是麥酒故事，喜歡怎麼扯就怎麼扯。」

「不管是不是麥酒故事，要不是因爲這些書，我們根本找不回魔印，在惡魔回歸後存活下來。」亞倫說。「所以小心提防雪惡魔有什麼壞處？」

「小心點總是好。」卡伯同意。「你也要小心會講話的夜狼和瓦罐妖精。」

亞倫臉色一沉，不過卡伯的笑聲會傳染，所以他沒多久也跟著笑了起來。

綁緊最後一條護甲帶後，亞倫轉身面對魔印店牆上的光滑金屬鏡。這套新護甲讓他看來雄壯威武，這點毫無疑問，不過並沒有亞倫預期中的帥氣，反而更像頭高大的金屬惡魔。卡伯在他肩膀上披了一襲厚斗篷，稍減一點駭人的感覺。

「騎上山道後要裹緊一點。」老魔印師提醒道。「斗篷可以遮掩護甲的反光，也不會讓關節處透風進去。」

亞倫點頭。

「要聽柯克信使的話。」卡伯說。亞倫耐心地微笑。

「除非他教的東西比我差。」卡伯更正道。亞倫哈哈大笑。

「我保證。」他說。

他們互望了好一會兒，不確定該握手還是擁抱。片刻過後，他們同時嘟噥一聲，轉身離開。亞倫走向門口，卡伯走向工作桌。亞倫到門口時回過頭來，視線再度迎向卡伯雙眼。

「完完整整地回來。」卡伯命令道。

「是，老師。」亞倫說著，步入黎明前的夜色中。

⁂

亞倫看著人們在信使公會門前的廣場上與商人討價還價，再把貨扛上馬車。主母們拿著寫著粉筆字的石板走來走去，見證並計算貨物移交。這場合生氣勃勃，亞倫超愛。

他看向公會門上的大鐘，鐘上的指針標著年、月、日、時、分。所有自由城邦的信使公會都有一座大鐘，所有鐘都是依照牧師曆計時，鐘面上會以粉筆標記接下來一週內日出和日落的時間。信使得仰賴這些大鐘過活。為了職業尊嚴，他們得準時抵達，能早到的話更好。

但柯克每次都遲到。耐心向來不是亞倫的美德，而在城外道路對他招手的此刻，等待似乎永無止盡。他興奮得心跳加劇，肌肉緊繃。他已經很多年不曾睡在沒有魔印城牆保護的地方了，不過沒忘記那種感覺。城外道路上的空氣無比清新，活著的感覺無比強烈。無比自由。

終於，亞倫聽見一陣疲憊的腳步聲，不用轉身，從那股酒味就聞出是柯克到了。

柯克信使身穿陳舊的皮革護甲，護甲上的魔印相對而言算新。這套護甲沒有亞倫的鋼甲那般堅硬，但是輕盈也靈活多了。他的禿頭圍著一圈金髮，油膩膩地垂落在滄桑的面容旁，裡面摻雜了幾根灰髮。他濃密的鬍鬚沒怎麼整理，與頭髮一樣糾纏打結。他背上掛著一面充滿凹痕的盾牌，手裡拿著一支舊矛。

柯克停下來打量亞倫閃亮的新護甲和盾牌，眼中閃現貪婪的目光。他不屑地哼了聲掩飾過去。

「小小學徒穿這麼豪華的護甲。」他伸矛戳戳亞倫的胸甲。「多數信使都得自己賺錢買護甲，不過看來卡伯大師的學徒不用。」

亞倫拍開他的矛尖，不過還是聽見它刮花自己費了數小時擦亮的護甲表面。回憶不由自主地浮上心頭——孩提時代他打掉母親背上那頭火惡魔，兩人在到處都是惡魔測試魔印、找尋魔印弱點時，於畜欄中一起撐過那個漫長的寒夜。他想起自己意外砍斷十五呎高石惡魔手臂的那晚，立下了直到今天依然無法擺脫的宿敵。

他掄起拳頭，往柯克的鷹勾鼻下一比。「我做過或沒做什麼都與你無關，柯克。我對太陽發誓，你要敢再碰我的護甲，我就打得你滿地找牙。」

柯克瞇起雙眼。他比亞倫高大，但亞倫年輕力壯，而且沒有喝酒。也許這就是他片刻過後退開道歉的原因，又或許是因爲他怕上貨卸貨時沒有信使學徒做體力活。

「我那麼說沒有什麼意思，」柯克喃喃說道。「但是想當稱職的信使就別怕護甲被刮花。現在移動腳步，會長要我們出發前先去找他。越早去找他，我們就能越早出發。」

亞倫立刻把不愉快拋到腦後，跟著柯克進入公會會館。一名書記請他們直接進入馬爾坎公會長的辦公室，一間擺滿桌子、地圖和記事板的大房間。公會長原先也是信使，後來被地心魔物毀掉一隻眼睛和半張臉，不過受傷後還是繼續擔任了好多年信使。儘管頭髮已花白，他的身材依然健壯，一副很不好惹的模樣。他只要大筆一揮，就能讓某個信使的職業生涯起飛或墜落，或是讓某個大家族破產。此刻公會長坐在自己的辦公桌後，簽署著一疊彷彿永遠簽不完的表格。

「請原諒我一邊簽名一邊講話，」馬爾坎說。「我只要一停下手，這疊表格就會增厚一倍。請坐，喝酒嗎？」他指向擺在辦公桌一旁的一支水晶玻璃瓶，瓶裡裝著琥珀色液體，旁邊擺著幾只酒杯。

柯克眼睛一亮。「不介意我來上一杯吧。」他斟了一杯，一飲而盡，臉皺了皺，又把酒杯斟滿，這才坐下。

「你們的公爵煤礦之行延期了。」馬爾坎說。「我有個比較急的任務要交給你們去辦。」

柯克低頭看著手裡的水晶酒杯，瞇起雙眼。「去哪裡？」

「布來楊伯爵的黃金鎮。」馬爾坎說，目光依然停在文件上。亞倫心頭狂跳。布來楊黃金鎮是公爵領地中最偏遠的礦村。離城十個晚上的路程，往西方第三座山上的唯一一座礦場，地勢比任何其他礦場都來得高。

「那是山達的路線。」柯克抗議。

馬爾坎在一張表格上點去多餘的墨水，然後放到簽好的文件堆上。他把筆伸進墨水瓶蘸墨。「本來是，但山達昨天從他那匹可惡的馬上摔下來，腳摔斷了。」

「可惡！」柯克喃喃說道。他一口喝掉半杯酒，然後搖頭。「派別人去。我太老了，不能跑去天寒地凍、空氣稀薄的地方好幾個禮拜。」

「這麼短的時間找不到其他人。」馬爾坎說著繼續簽名、點墨。

柯克聳肩。「那布來楊伯爵只好等了。」

「這趟伯爵願意出一千金陽幣。」馬爾坎說。

柯克和亞倫同聲驚呼。一千金陽幣對任何信使的單趟任務來說都是一大筆錢。

「什麼貨？」柯克懷疑地問。「有什麼東西急到不能等？」

馬爾坎的手終於停下動作，他抬頭。「雷霆棒，一整車。」

柯克搖頭。「喔，不！」他喝乾剩下的酒，把杯子往桌上重重一放。

雷霆棒，亞倫在心裡消化著這個字眼。他在公爵圖書館裡讀過雷霆棒，不過記載雷霆棒詳細配方的書放在禁書區。雷霆棒與其他火藥不同，除了用火引爆，還能透過撞擊引爆，如果在山區意外爆炸，就算一開始沒被炸死，也很難逃過爆炸引發的雪崩。

「你要找人在這麼短的時間內運送雷霆棒？」柯克難以置信。「媽的到底在急什麼？」

「塔勒男爵的春季車隊回報發現了一條新的礦脈——他們得炸山才能挖掘。」馬爾坎說。「從那之後，布來楊就命令自己的藥草師夜以繼日地製作雷霆棒。布來楊的書記每天都在計算礦脈不開造成的損失，而這讓他心煩意亂。」

「所以他就派人踏上擠滿強盜的山道，那些強盜為了一車雷霆棒，什麼都做得出來。」柯克搖頭。「炸成碎片，還是遇上強盜後被地心魔物解決，很難說哪種情況比較悽慘。」

「沒那回事。」馬爾坎說。「山達一直都在運送雷霆棒。除了我們三個和布來楊本人外，沒人知道你們運的是什麼貨。強盜看到你們沒有護衛，絕對不會認為你們有帶任何值得搶劫的東西。」

柯克的臉色還是很難看。「一千兩百金陽幣。」馬爾坎說。「你曾親眼見過這麼多黃金嗎？柯克，連我都想擠進老護甲親自上陣了。」

「如果你還想再跑最後一趟，我很樂意坐在你辦公桌後幫忙簽名。」柯克說。

馬爾坎微笑，不過那笑容快要失去耐心了。「一千五，多一枚銅幣都不行。我知道你需要錢，柯克。除非你拿現金，不然城內半數酒館都不會做你生意，另一半則會收了你的現金，然後說要再還一百才會打開酒桶。拒絕跑這一趟，你就是笨蛋。」

「笨蛋，沒錯，但至少我還活著。」柯克說。「運送雷霆棒的報酬向來豐厚，因爲有時候送貨的人會被炸成碎片。我太老了，不幹那種惡魔屎了。」

「太老是沒錯。」馬爾坎說，柯克則有點吃驚。「你還能再跑幾趟？柯克，我看過你天氣不好的時候搓揉關節的模樣。想一想。還沒離城戶頭就多了一千五百金陽幣。只要遠離清光山達口袋的妓女和骰子，這筆錢就夠你退休了，夠你喝酒喝到死。」

柯克低吼一聲，亞倫以爲公會長逼得太過分了，但馬爾坎臉上一副獵食者肯定獵物必死無疑的表情。他從口袋中拿出鑰匙，打開辦公桌抽屜，取出一只看起來很沉重的皮錢袋。

「銀行裡入帳一千五百金陽幣，」他說。「外加五十枚金幣，幫你打發今天圍著你的馬、趁你離開前堵你的債主。」

柯克嘟囔一聲，接下錢袋。

⁂

他們把馬套上布來楊的貨車——不過是信使風格——馬背上鞍，加掛行李和馬軛。如果天黑前車輪裂開，他們或許得迅速逃命。

貨車看起來很普通，不過裝有隱藏式鋼鐵懸吊裝置吸收行車顛簸和道上坑洞的撞擊力道，幾乎不會讓乘客和貨物有任何晃動，藉以穩定可能會爆炸的雷霆棒。亞倫一邊前進，一邊垂下腦袋研究懸吊裝置。

「別那樣做，」柯克說，「那等於是昭告天下我們運的是雷霆棒。」

「抱歉。」亞倫說著坐直身子。「只是好奇。」

柯克嘟噥一聲。「城裡貴族乘坐的華麗馬車都有這種懸吊裝置，總不能讓那些血統純正的女士被路上的石頭震倒弄縐絲襯裙，是吧？」

亞倫點頭，靠背坐好，深吸一口高山的空氣，看著山下遼闊的密爾恩平原。即使身穿沉重的護甲，他還是在城牆逐漸遠離身後時感到輕鬆不少。柯克卻越來越焦慮，懷疑地瞪著所有他們經過的人，還不停摸向隨手就能拿到的矛柄。

「這些山丘上真的有強盜嗎？」亞倫問。

柯克輕笑。「有時候礦鎮的居民會缺乏某些物資，於是鋌而走險，而雷霆棒大家都缺。只要炸一根這種天殺的玩意兒，就抵得過一整週的工作量，而且這玩意兒的價格比礦工一整年賺的還高。萬一讓人知道我們在運什麼貨，山裡所有礦工都會想拿塊布蒙在臉上。」

「幸好沒人知道。」亞倫說著也不由自主去摸自己的矛。

儘管疑神疑鬼，第一天還是平安度過了。亞倫在他們離開礦工會走的大路，轉入人跡罕至的區域時鬆了口氣。太陽逐漸西沉時，他們來到一處公共營地，由漆有大魔印的圓石圈圍起來的一片空地，這裡容納得下整支車隊。他們停下來，解開貨車，綑綁馬匹，檢查魔印，清理圓石上的塵土與垃圾，在需要的部分重新上漆。

魔印打理完畢後，亞倫走到一個火坑旁，開始放置木柴。他從腰袋中的乾燥盒拿出火柴，用指甲摩擦白頭，啪地一聲點燃火柴。

火柴很貴，不過在密爾恩很常見，是信使的標準裝備。在亞倫的家鄉提貝溪鎮，火柴非常稀有搶手，只在緊急狀況拿出來用。唯一有錢到能拿火柴點菸的，只有擁有雜貨店和半座提貝溪鎮的霍格。亞倫現在每次點燃火柴都還會覺得有點興奮。

他很快就生好溫暖的火堆，拿出鍋子來煎蔬菜和香腸，柯克則頭靠馬鞍坐著，手拿一只陶瓶，喝著其中某種聞起來像是藥草師的消毒藥水，而不像是給人喝的東西。等他們吃完飯時，天已經全黑，地心魔物開始現身。

魔霧從地上看不見的氣孔滲出，散發惡臭，慢慢凝聚成恐怖的惡魔形體。寒冷的高山上沒有火惡魔，不過風惡魔很多，還有少數矮小的石惡魔——不比高壯的男人高上多少，卻比人類重上三倍，全身都是結實肌肉和硬厚外殼。它們的血盆大口裡長有上百顆牙齒，彷彿箱中擺了許多直立的釘子。木惡魔也在夜裡現身，身高約莫十呎，比石惡魔高，但是比較瘦，外殼像樹皮，四肢像樹枝。

惡魔很快就發現他們的營火，興奮地尖叫著朝人和馬直衝而來。蛛網般的銀色魔光在地心魔物撞上魔印時將它們反彈而出，讓不少頭惡魔摔倒在地。

但是惡魔並不死心。它們開始繞圈，一再攻擊禁忌魔印，尋找防禦力場中的縫隙。

亞倫沒拿矛盾，站在魔印附近，相信魔法的力量能保護自己。他拿著石墨棒和筆記本，在魔印光前研究地心魔物，邊做筆記邊繪圖。

最後地心魔物厭倦了攻擊魔印圈，跑到其他地方尋找容易得手的獵物。風惡魔展開巨大皮翼飛入天際。木惡魔消失在樹林間。石惡魔彷彿雪崩般晃向別處。黑夜逐漸安靜下來，少了魔印的閃光，黑暗漸漸籠罩他們的營火。

「終於。」柯克嘟噥，「我們可以睡一會兒了。」他早就裹在自己的毛毯裡，不過這時才塞上酒瓶，閉上雙眼。

「這我可不敢說。」亞倫說，站在火光邊緣，看著他們來時的方向。他拉長耳朵，聽到遠方傳來一陣熟悉的叫聲。

柯克的眼睛睜開一條縫：「這話是什麼意思？」

「有頭石惡魔往我們這邊過來。」亞倫說。「很大。我可以聽見它的叫聲。」

柯克側頭傾聽，剛好聽到惡魔再度大叫。他嗤之以鼻。「那頭惡魔遠在數哩外，小鬼。」他將腦袋躺回地上，縮回毛毯裡。

「多遠都沒差。」亞倫說。「他記得我的味道。」

柯克哼了一聲，眼睛依然閉著。「你的味道？怎麼，你欠它錢？」

亞倫輕笑。「差不多。」

沒多久，地面搖晃起來，接著在巨大的獨臂石惡魔進入視線範圍時變成劇烈震動。

柯克睜開雙眼。「真是一顆天殺的大石頭。」確實，獨臂魔有剛剛三頭石惡魔加在一起那樣高，就連它齊肘而斷的斷臂也比一個人的身高還長。獨臂魔打從被亞倫砍斷手臂後就一直跟著他，亞倫知道它會一直跟下去，直到他們其中一個死亡爲止。

不過死的不會是我，他在與獨臂魔目光接觸時暗自承諾。就算到死都沒有任何成就，我也要找出方法除掉你。

他揚起雙掌，朝它拍手，這是他向獨臂魔打招呼的方式。地心魔物的叫聲劃破黑夜，魔爪猛烈攻擊魔印網產生的魔光驅退黑暗。魔光耀眼猛烈，震退惡魔，但它只轉了個身，用動沉重堅硬的尾巴攻擊魔印。魔法再度彈開攻擊。亞倫知道魔法的衝擊會讓惡魔感到劇痛，但獨臂魔毫不遲疑地垂下長矛般的魔角，衝向魔印，激出難以逼視的魔光。

惡魔發出沮喪的叫聲，然後再度出擊，圍著魔印圈繞圈，用爪子、魔角、尾巴攻擊，尋找魔印力場的弱點，它甚至用殘餘的斷臂撞擊魔印網。

「它很快就會打累，然後離開。」柯克嘟噥一聲，翻過身去，拉起毛毯蓋頭。

但獨臂魔繼續繞圈，一下又一下地攻擊魔印，打到魔光彷彿不會消散，黑暗則稍縱即逝。亞倫在魔光下研究惡魔，找尋弱點，不過找不到。

柯克終於坐起身來。「這頭瘋惡魔究竟是怎麼……」看清楚獨臂魔的長相後，他瞪大雙眼。「這就是去年攻破城牆的那頭惡魔，被吟遊詩人奇林砍斷手臂後，就一直追殺他的獨臂石惡魔。」

「不是追殺奇林。」亞倫說。「它追殺的是我。」

「它爲什麼要……」柯克開口，接著在聽懂他的意思後眼睛瞪得更大。

「是你，」柯克說，「你就是奇林歌裡的那個小男孩，他那天晚上救的那個。」

亞倫嗤之以鼻。「奇林露宿野外的時候就連自己的屁股都救不了。」

柯克竊笑。「你以爲我會相信這頭怪物的手是你砍的？惡魔屎。」

亞倫知道不該在乎柯克的想法，但即使過了這麼多年，他仍對奇林那個大懦夫冒領自己的英勇事蹟忿忿不平。他轉身面對惡魔，朝它吐口水，口水正中惡魔大腿。它發出沮喪的怒吼，攻擊得更加猛烈。

柯克嚇得面無血色。「你這個瘋小鬼，居然激怒石惡魔？」

「早就激怒過了。」亞倫指出這個事實。「我只是讓它知道這是私人恩怨。」

柯克咒罵一聲，掀開毛毯，伸手去拿酒壺。「這是我最後一次和你出門了，小鬼。這樣根本不能睡覺。」

亞倫不理會他，繼續凝視獨臂魔。他想像著殺死惡魔的方法，仇恨與厭惡如同一片臭雲般在他身邊旋轉不休。他從來沒見過，也沒聽說過有任何東西能貫穿石惡魔的外殼。當年他是靠魔印力場意外砍斷惡魔手臂的，而亞倫可不敢賭上性命去重現同樣的方法。

他回頭望向貨車。「你認爲雷霆棒殺得死他嗎？畢竟雷霆棒的用途就是炸岩石。」

「雷霆棒不是玩具，你這個瘋狂的小混蛋。」柯克大聲道。「它們比石惡魔更恐怖。就算你活得不耐煩，說什麼也要試試看，那些雷霆棒也不是我們的。如果他們清點數目發現與我們離開密爾恩時不同，就算只少了一根，對我們名聲的傷害還是比全部都弄丟了還糟。」

「只是想想。」亞倫說，不過還是一臉渴望地望著貨車。

第二天他們平安無事地自南側穿越貴族山——位於密爾恩山西方的姊妹山——這座山的東面坐落著許多小礦村。不過，在接近西面時路標的數量就開始減少，穿越荒野的道路也變得只比車轍寬一點點，僅剩少數幾條岔路。

稍晚，他們抵達貴族山與下一座山的交會點，來到一大片圍著根二十呎高的超大克里特魔印樁的空地。魔印樁上的魔印大到一整支車隊都能在底下過夜。

「了不起。」亞倫說。「鑄造那根魔印樁運到這裡來一定花了一大筆錢。」

「對我們來說是一大筆錢，對布來楊伯爵來說根本微不足道。」

亞倫跳下貨車，走去檢視大魔印樁，只見空地的土都壓得很實，布滿上百個多年來由信使、車隊成員和拓荒者遺留下來的火坑和木柴。營地不久前才有人使用過，空氣中隱約瀰漫著前晚營火的木柴煙味。

檢視魔印樁時，亞倫注意到樁底鑲著一塊銅牌，上面刻著：布來楊山。

「整座山都是布來楊伯爵的？」亞倫問。

柯克點頭。「當年布來楊請求許可跑到這麼遠的地方來挖礦時，公爵哈哈大笑，為了讓此事成為吟遊詩人寫歌的題材而把整座山賜給他。歐可不知道伯爵夫人瑟拉主母——布來楊的妻子——從古老歷史記載中找到金礦山的傳說。」

「我想他現在笑不出來了。」亞倫說。

柯克哼了一聲。「現在皇室有一半的債務都是向布來楊借貸出來的，瑟拉主母的屁股是全密爾恩歐可唯一不敢亂捏的屁股。」他們一起大笑起來。亞倫爬上魔印樁，清理被風吹上去的落葉，甚至摘掉了一個剛築好的鳥巢。

這是個寒冷的春夜，但魔印樁從試圖突破防禦力場的惡魔身上吸收魔力，產生了暖意。禁忌魔印的威力隨著距離而遞減，不過朝四面八方擴展起碼五十呎。就連獨臂魔都沒辦法接近。

第二天早上，他們踏上繞著整座山三圈的山道，這條山道在抵達布來楊的礦坑前會越來越窄、越來越多石頭，也越來越冷。他們於上午抵達一座大岩台，隨即聽見響亮的口哨聲。亞倫抬頭，恰好看到有東西擊中他和柯克的座椅之間，如同石惡魔的利爪般穿過木板。

「那箭只是警告兩位我們是認真的。」一個男人說著，從岩石後走了出來。他身穿厚工作服，頭戴礦工那種有蠟燭架的頭盔。他臉上綁著條手帕蓋過鼻子，遮住了大半容貌。「那堆巨石上的老兄能用曲柄弓射中針孔。」

亞倫和柯克抬頭看去，發現巨石上確實有個人跪在那裡，也用手帕遮面，手持沉重的曲柄弓瞄準他們，身旁擺了一把發射過的弓。

「可惡，」柯克啐道。「我就知道會出這種事。」他高舉雙手。

「他只能射一箭。」亞倫低聲道。

「一箭就夠了。」柯克也低聲回應。「距離這麼近，曲柄弓能像射穿積雪一樣射穿你那套華麗的護甲。」

他們將目光轉回路上那人身上。他沒拿武器，不過身後還有兩個拉弓搭箭的男人，再後面還有半打拿著礦鎬的壯漢。他們全都頭戴蠟燭頭盔，臉上蒙著手帕。

「我們不想射殺任何人。」強盜首領說。「我們不是地心魔物，只是得養家活口的男人。大家都知道你們信使先收錢後送貨，自己的行李都放在馬上。現在就解開貨車，自行離開。我們並不打算搶你們的私人物品。」

「這我可不確定，」一個拿鎬的人走向亞倫說道，「我想拿走那套閃亮的魔印護甲。」他用自己的武器敲敲亞倫的胸甲，在鋼鐵表面上劃下第二道刮痕，就在柯克劃下的那道旁邊。

「你休想。」亞倫說著抓住礦鎬鎬頭下方的木柄。他用力一扯，在男人跌向前方時一腳踢中男人的臉。男人重重落地，牙齒和鮮血濺入空中。

亞倫把挖礦鎬丟到山下，隨即拔矛舉盾。「誰敢接近這輛貨車，我就一矛插進他的眼睛。」

「小鬼，你瘋了嗎？」柯克大聲問，依然高舉雙手。「你要爲了一輛貨車送命？」

「我們保證會把這輛貨車送達布來楊黃金鎮。」亞倫大聲說，目光一直保持在強盜身上。「我們說到就要做到。」

「這可不是遊戲，小鬼。」強盜首領說。「曲柄弓可以直接射穿你的盾牌。」

「你的弓箭手最好一箭射穿我的盾牌，」亞倫提高音量，讓弓箭手聽到。「不然，就看他有沒有辦法閃開我的矛而不掉下巨岩摔斷脖子。」

強盜領袖走上前去，抓起被亞倫踢傷那人的手臂，扶他起身，順勢把他推回其他人之中。

「那傢伙是白痴，」他對亞倫說，「不能代表我們說話，我才能。你可以留下護甲。我們甚至不需要你的貨車，只要從車上搬下幾口箱子，你們就可以平安離開。」

亞倫跨到貨車後面，一腳重重踏上一箱雷霆棒。「這些箱子？要我直接把它們踢下車嗎？」柯克驚叫一聲，連忙後退，從他的座位摔下。所有人都嚇了一跳。

強盜領袖舉起一手，作勢安撫。「沒人這麼說。孩子，你知道你運的是什麼貨嗎？」

「喔，我知道。」亞倫說。他舉著盾牌蹲下身去，放下自己的矛，拿出一根雷霆棒。這根雷霆棒直徑兩吋，長十吋，用淡灰色的紙包覆火藥，其中一端垂著條引信。

「我有火柴配著用。」亞倫說著舉起雷霆棒給眾人看。

地面上的強盜全後退了幾步。「你小心點，孩子。」強盜領袖說。「那玩意兒不是非要點火才會爆炸，這樣舉著亂甩可不是明智之舉。」

「那你們最好離遠點。」亞倫說。一時之間，他與強盜領袖對瞪，現場一片死寂。接著就聽見啪地一聲，所有人都吃了一驚。

亞倫轉頭看到柯克割斷了自己馬上的挽具，跳上馬鞍。他舉起矛和盾，掉轉馬頭面對強盜。亞倫在強盜首領眼中看見遲疑，於是微微一笑。

但柯克矛頭始終指地，亞倫感覺短暫的優勢已經消失了。

「我不想和爭奪雷霆棒的事情扯上任何關係！」柯克叫道。「我還有很多年的酒可以喝，還有一千五百金陽幣支付酒帳！」

強盜首領先是吃驚，接著點頭。「聰明人。」他指示其他人後退，讓柯克有路回去。「保持聰明，看到魔印樁後繼續騎。」

柯克看向亞倫。「盔甲上有刮痕都不能忍受，卻願意為了一車貨把自己炸成碎片？你腦袋不正常，小鬼。」他用力踢馬，轉眼消失在來時的路上，就連馬蹄聲也很快就聽不見了。

「現在照做還不遲，」強盜首領說著轉回去面對亞倫，「你見識過雷霆棒的威力嗎？你手裡的東西會把你炸得丁點不剩，連可以在葬禮上火化的東西都沒有，還能把那套漂亮的魔印護甲像紙一樣撕碎。」

他指向柯克騎走的山道。「上馬離開，你可以帶走手裡那根雷霆棒確保安全。」

但亞倫完全沒有下車之意。「誰告訴你我們要來的？是山達嗎？如果讓我發現他的腿不是真斷，我會幫他打斷。」

「誰告訴我們並不重要，」強盜說，「沒人會認為你不盡責。你是信使之光，但這次你贏不了的。布來楊伯爵少賺一點錢和你有什麼關係？他損失得起。」

「我不在乎布來楊伯爵。」亞倫承認道。「我在乎我的承諾，而我承諾過要把這輛貨車和車上的貨送達他的礦場。」

強盜散開，道路兩旁各站三個持鎬強盜和一個持弓強盜。「不可能的。」強盜首領說。「你想駕車離開，我們就射你的馬。」

亞倫看向弓箭手。「射我的馬，那就會是你這輩子做的最後一件事。」他保證道。

強盜嘆氣。「除了又向天黑逼近半小時，你這樣拖延有什麼意義？」

「你們願意撐到多晚？」亞倫問。他揚起金屬護手，輕敲胸甲上的刮痕。「我可以穿著這套『漂亮的魔印護甲』撐到惡魔現身。」

他看向眾強盜，所有人都徒步，沒有人揹袋子。「而我想你們得在天黑前趕回布來楊的魔印樁。就是因爲這樣你才叫柯克過魔印樁繼續騎，而回魔印樁用走的至少要五小時。等太久，你們就無法及時趕到。要養家活口的人爲了幾箱雷霆棒送命値得嗎？」

「好吧，我們試過和平解決了。」強盜首領說。「費德，射他。」亞倫躲到盾牌下，但是沒有立刻遭到攻擊。

「你說不提名字的，山達！」曲柄弓手叫道。

「等你一箭射穿他的腦袋就無所謂了，白痴。」山達大聲說。

亞倫吃了一驚。原來如此。他從未見過山達，但是這樣完全說得通了。他移開盾牌，看著強盜。「你假裝摔斷腿，早一天跑來這裡攔截你自己的貨。」

山達聳肩。「反正你也不能活下來告訴別人。」

但上方還是沒人發箭。亞倫鼓起勇氣從盾牌後偷看。費德雙手顫抖，瞄準的方向大幅偏移，最後他放下了武器。

「可惡，費德！」山達大叫。「發射！」

「去吸惡魔奶！」費德吼回去。「我不是來這裡射殺小男孩的，我兒子都比他大。」

「我們給了這個男孩機會離開。」山達說。不少人出聲贊同，包括挨了亞倫一腳的男人。

「我不管。」費德說。「你說『不會有人受傷』，『只是貴族帳本裡的一筆帳而已』。」他拔下曲柄弓裡的箭，把武器揹到背上，撿起備用弓。「我不玩了。」他起身爬下石台。

另一名弓箭手也鬆開弓弦。「費德說得沒錯。我和大家一樣都受夠稀粥了，但可不想爲了吃飯殺人。」

亞倫看向最後一名弓箭手，對方嘆了口氣，放箭。

他及時舉起盾牌，但那是一把重弓，盾牌只是一片鑲在木頭上的薄鐵，主要是用來抵擋地心魔物和夜狼，而不是弓箭。箭頭貫穿盾牌，刺向亞倫的臉頰。他向後跌開，差點失去平衡，手捏雷霆棒的力道大到連他都怕它會在自己手裡爆炸。所有人都繃緊神經。

但亞倫站穩腳步，挺直身子，轉身露出握在持盾那手裡的火柴。他用拇指摩擦火柴，火柴啪地一聲點燃。

「我會在火燒到手指前點燃引信。」他說著揮動雷霆棒。「到時候我就會把它拋向任何還在我眼前的人。」

兩個男人轉身拔腿就跑。山達瞇起雙眼，最後掀起手帕，吐了口口水，然後吹聲口哨，命令其他人跟著他沿路離開。

最後火柴燒到亞倫的手，不過他沒必要點燃引信。幾分鐘後，他又開始繼續上山。黎明跑者並不情願獨自拉車，但別無他法。亞倫不認爲強盜有辦法徒步跟蹤自己，不過還是把雷霆棒和乾火柴盒放在身旁以備不時之需。抵達下一根魔印樁時，天已經快黑了。

山達在那裡等他。

※

信使已經換下礦工僞裝，身穿陳舊鋼甲，手持沉重的矛和盾牌。他坐在一匹強壯的戰馬上，比黎明跑者那種駿馬高大多了。騎著這種馬，又不用注意山道寬度、被貨車拖慢速度，亞倫並不意外他能搶先一步抵達這裡。

「一定要當好人，是吧？」山達問。「就不能撒手不管？公會都有保險，你也有保險，你本來可以和柯克一起離開的。整件事唯一的輸家就是布來楊伯爵，那個混蛋拉屎都能拉出黃金。」

亞倫只是看著他。

「但是現在，」山達舉矛，「現在我得殺了你，不然不能確保你會閉嘴。」

「我有理由閉嘴嗎？」亞倫問。「我不喜歡被人拿弓指著。」他拿起放在駕駛座旁的雷霆棒。

山達策馬逼近。「點火，」他挑釁道，「這種距離下爆炸會引爆整批貨，炸死我們兩個，還有我們的馬。無論如何，這批雷霆棒都不會抵達布來楊黃金鎮。」

亞倫冷冷瞪著他的雙眼，心知他說得沒錯。不管柯克怎麼想，他不是瘋子，也不想今天就死。

「那就下馬。」亞倫說。「公平決鬥，讓我們的矛決定誰能離開。」

「沒人可以說你沒種，小子。」山達大笑。「如果要我殺你之前好好教訓你一頓，我樂意效勞。」他騎到魔印樁旁的空地，翻身下馬，用木樁栓好馬匹。亞倫跟上去，放下雷霆棒，拿起自己的矛和盾，然後跳下貨車。

他張開雙腿，擺出適當架式，把矛、盾舉到定位。他與卡伯和瑞根練過無數小時的矛擊術，但這一回是來眞的——這次會見血。

山達與多數信使一樣，身材比較像熊而不像人。他的手臂和肩膀都又粗又寬，胸口像木桶般厚實，腹部也很結實。他拿武器的方式彷彿已經與武器融爲一體，眼神流露出類似獨臂魔的致命凶光。亞倫知道他動手殺自己時絕不會有半點遲疑。

他們開始面對面繞圈，尋找對方的破綻。山達試探性地刺出一矛，但亞倫輕鬆擋開，並迅速回防，拒絕接受引誘，接著看準機會反擊。一如所料，山達舉起盾牌防禦。

山達再度攻擊，這次力道較強，不過施展的招式都很基礎。亞倫熟悉所有反制手法，一一擋下敵招，等待眞正的攻擊來襲，出乎他意料之外的一擊。

但那一擊始終沒有出現。山達體格強健，殺意十足，然而打起架來卻和新手沒兩樣。在繞著魔印樁纏鬥數分鐘後，亞倫厭倦了這場遊戲，算準對方的招式迎上去。他矮身閃避，用自己的盾牌勾住山達的盾牌，然後提起兩面盾牌掩飾自己的動作，再自側面一腳踏中信使的膝蓋。

骨碎聲在冷冽的空氣中迴盪，像冬天乾枯的樹枝在風中折斷。山達慘叫一聲，癱倒在地。

「地心魔物養的！你踢斷了我他媽的腳！」他哀號。

「我說話算話。」亞倫說。

「我要殺了你！」山達邊叫邊在地上痛苦扭動。

亞倫後退一步，推起頭盔上的面罩。「我不這麼認爲。決鬥結束了，山達。你越早承認，我就可以越早幫你接骨。」

山達瞪著他，不過片刻過後，他把矛和盾丟到自己拿不到的地方。亞倫放下自己的武器，撿起山達的矛。他把矛抵在地上，用穿著鋼靴的腳跟一腳踏斷。他把兩段矛擺在山達身旁的地上，然後蹲下去檢視山達的腳傷。山達趁機撒了一把鬆土到亞倫眼裡。

亞倫大叫一聲，向後跌開，但山達轉眼撲上，將他撞倒。亞倫身穿沉重的鋼甲平躺在地，身上還壓了個人，完全無法起身。

「我他媽的殺了你！」他大叫，用沉重的護甲手套猛捶亞倫腦袋。腳傷似乎沒有造成不便，反而激起他體內一股夜狼被逼上絕路時的狂猛力量。

亞倫的腦袋感覺像大鐘裡的鐘擺，完全無法靜心思考。眼中的沙令他半盲，沒看到突然出現在山達手裡的那把長匕首，而是直接感覺到它。第一刀滑過他的胸甲，第二刀則插入他肩窩上的鎖環。

亞倫仰頭慘叫。護甲擋開刀刃，但這刀仍劇痛無比，他知道自己肩膀將會痛上好幾天。

如果他能活過接下來幾分鐘的話。

山達放棄攻擊護甲，轉而刺向亞倫的喉嚨。亞倫抓住他的手腕，兩人無聲角力了一段時間。亞倫繃緊全身肌肉，但山達除了狂力外還有體重和施力優勢。匕首逐漸逼近亞倫的護頭與頭盔間單薄且毫無防備的縫隙。

「快結束了。」山達低聲道。

「沒那麼快。」亞倫哼聲，對準山達受了傷的膝蓋出拳。信使放聲慘叫，痛得往後一縮，亞倫一拳擊中他的下巴，在他倒地時翻身而起，反過來壓在他身上。亞倫用膝蓋壓制山達拿匕首那手，又狠狠打了幾拳，山達終於鬆手放開匕首。

天黑之後，亞倫坐在魔印網邊緣，若有所思地拿著雷霆棒，看著獨臂魔。他另一隻手裡拿著尚未點燃的火柴。他的手指很想點燃，另一隻手臂則蓄勢待發，準備拋擲雷霆棒。他幻想獨臂魔張嘴咬下雷霆棒，然後腦袋炸爛的模樣，它的無頭屍體倒在地上，滲出膿汁。

但他腦中一直聽到柯克的聲音。雷霆棒不是我們的，小鬼。柯克或許最後成了懦夫，但這話可沒說錯。亞倫不是賊。他看了山達一眼，沒想到他醒來了，正盯著亞倫看。

「我知道你在想什麼。」山達說。「山上有很多鬆動的岩石，雷霆棒可能殺不死那頭惡魔，還會引發山崩。」

「你不知道我在想什麼。」亞倫說。

山達嘟噥。「這倒是眞的。」他同意道。「我不明白，爲什麼我打定主意要殺你，再把屍體丟下懸崖，而你卻只踢斷我的腳，還在我頭上蓋濕布。」

「我不想殺你。」亞倫說。「你的腳那樣還是可以騎馬。只要你老老實實回去，我就會讓馬爾坎只吊銷你的執照。」

山達哈哈大笑。「我擔心的不是馬爾坎，而是布來楊伯爵。要是讓他聽說我想搶他的貨，太陽下山前，我的腦袋就會被插上木樁。」

「只要能把貨送到，我會確保你保得住腦袋。」亞倫說。

「很抱歉，我不相信你。」山達說。

亞倫聳肩。「你今晚還有力氣的話就再來殺我試試，不過我警告你，我向來淺眠。再來找我麻煩，我就會打斷你一堆骨頭，讓你一輩子都不能騎馬，然後把你拖去布來楊黃金鎭直接面對你要搶的那個人。」

山達點頭。「好好睡吧，我會老老實實回去。柯克說得對。你活得不耐煩了，小子。我見過你這種人，在有機會告訴任何人任何事之前，搞不好你就已經死了。」

惡魔在黎明前的微光中沉回地心魔域時，亞倫已經整理好營地。他和山達於日出時離開魔印石，分道揚鑣。

隨著他沿蜿蜒的山道而上，氣溫越降越低。密爾恩平原已經完全進入春季，但山上還是隨處可見小片積雪，而他的護甲在寒風吹拂下也不再使身體感到溫暖。爲了促進血液循環，也爲了幫身負兩匹馬工作量的黎明跑者省點力氣，接下來的日子他改爲長時間徒步跋涉。這讓他們速度變慢，不過仍在天黑前一小時抵達下一根布來楊的大魔印樁。他繼續前進，黃昏時在自己的魔印圈內紮營。次日他很早就通過下一根魔印樁，黃昏時抵達第四根，於是他在這根魔印樁的守護範圍內紮營。

山道越來越陡，樹木變得矮小，岩石和積雪間的野草也越來越少。山道彎彎曲曲，永無止盡的車輪痕跡繞了好幾哩路，避開大到開路工無法挖斷或鑿穿的大型障礙物。而他們依然往上爬，氣溫越來越低。雪地上的車痕逐漸變淺，樹木則完全消失。

他決定不再跳過布來楊的魔印樁，儘管往往得掃除積雪才能發揮魔印樁的全部威力，但黃昏時他會累到慶幸能有它們保護。

離開密爾恩後第七天，亞倫終於看到馬爾坎提過的驛站。那是一棟在遠方山壁上的小建築，勉強算得上小棚屋，而在寒冷的野外度過這麼多天後，亞倫十分渴望能在室內過夜，還有與人聊天。

「喂，驛站！」他喊道，叫聲在上方的石壁產生回音。

「喂，信使！」片刻過後，上面也傳來回應。

亞倫又走了將近一小時，才終於抵達沿著山壁而建的驛站。驛站上的魔印繪得並不漂亮，不過很完整，其中還有很多亞倫不熟悉的魔印。他拿出筆記本迅速抄錄下來。

驛站看守人——一個披著夜狼皮襯裡的厚重外套、戴著布來楊伯爵紋章的黃鬍子男人——走出來迎接他。他很年輕，約莫二十歲，沒有拿武器。他直接走到亞倫面前，伸出戴手套的手與他握手。

「你不是山達。」他微笑說道。

「山達腳斷了。」亞倫說。

「世界上畢竟還是有造物主的。」男人笑道。「我是金人家族的德瑞克。」

「提貝溪鎮的亞倫．貝爾斯。」亞倫緊握對方的手掌回應。

「所以你了解住在世界盡頭是怎麼回事。」德瑞克說。「我想知道提貝溪鎮是什麼樣的地方。」他拍拍亞倫的肩膀。「如果你想暖暖身子，裡面有熱咖啡。我去幫你打理馬和貨車。」當時還不到正午，但亞倫毫不懷疑自己會在這裡過夜。德瑞克似乎和亞倫一樣渴望有人能夠說話。

「我夠暖和，可以自己打理貨物。」亞倫雖這麼說，但手腳已凍到疼痛，臉則完全失去知覺。在出了山達的事情後，他不打算讓裝雷霆棒的箱子離開視線範圍，除非放在有鎖的地方。

德瑞克聳肩。「喜歡的話就跟來受苦。」他牽起黎明跑者的轡頭，領頭走向位於岩面上的兩扇馬廄木門。

「動作要快，」德瑞克抓起一扇門上的大鐵環道。「我不想讓熱氣跑掉。」他打開剛好容許貨車通過的寬度，亞倫很快領著黎明跑者進去。他短暫感覺到甜美的暖意，但接著寒風在德瑞克關門時自門外襲來，奪走溫暖的室溫。

亞倫抖了一抖，發現自己身處一間小石室，對面的牆上掛了塊破破爛爛的厚毛門帘。每面牆上都有火光搖曳的油燈。

德瑞克拿起一盞油燈，拉開門帘讓他們通過。亞倫驚呼一聲，剛才進門的空間只是一間挖空山壁而建的巨大石室裡的小凹室。這間石室裡滿滿都是畜欄，能容納多組牲畜、充當飼料的穀物，還有可供十幾輛貨車裝卸貨物的區域。此刻大半都空蕩蕩的，但亞倫可以想像有車隊入住時的熱鬧景象。

處理完馬和貨車後，亞倫又在護甲中汗流浹背了。他環顧四周，沒有看到火爐或通風管道。

「這裡爲什麼這麼溫暖？」他問。

德瑞克帶他走到石牆前蹲下，指著漆在膝蓋高度、朝兩邊延伸的漩渦狀魔印圖案。

亞倫研究那些圖案。不複雜，卻是很聰明的設計。「熱魔印。所以當地心魔物攻擊外面的門時……」

「它們的魔力就會被吸進來讓牆壁變暖。」德瑞克接著說。「不過有些晚上會熱到和火焰唾液一樣，幾乎讓我寧願受凍。」亞倫快悶死在護甲裡了，完全了解他的意思。

他們走側門離開大石室，進入驛站本體。天花板、牆壁、地板全是山裡的岩石，挖掘成長長的走廊、門廊，還有石室。這裡的牆上也有熱魔印。

「我沒想到驛站會挖入山裡這麼深。」亞倫說。

「不挖到山裡就會擋到山道，而山道原先已經夠窄了。」德瑞克說。「外面的松木小屋只是前廊。來吧，我帶你去你的房間。」

「謝謝。」亞倫說。「如果不快點脫掉這套可惡的護甲，我就要融化了。我已經穿著它睡覺一整個禮拜了。」

「聞起來很像。」德瑞克說。「你可以住皇室套房，反正此刻沒有其他人住。裡面有浴缸。」

皇室套房本是爲了讓布來楊伯爵和他的子嗣前來視察礦坑時，能享受慣常的奢華生活而設。房間非常舒適，擺滿橡木家具、毛皮地毯和熱魔印石。最重要的是，這裡有張鋪著羽毛床墊的好床。

「太陽終於出來啦。」亞倫說。

「浴缸在那邊。」德瑞克說，指著石板地上一個光滑大坑，旁邊有個大唧筒。「唧筒接到一個加熱過的蓄水池。想泡多久就泡多久，泡完出來吃晚飯。」

亞倫點頭，看守人離開。他想脫掉護甲，下去洗澡，但他先癱在床上一會兒，享受柔軟的床墊，接著發現自己沒有力氣起來。他閉上雙眼，沉沉睡去。

⁂

最後亞倫還是脫下護甲，走向澡盆。壓唧筒放水時他完全清醒過來，但是泡熱水時又差點睡著。要不是肚子咕嚕咕嚕直叫，他實在不想穿上衣服、走出房間。脫掉護甲讓他覺得身輕如燕。

「德瑞克？」他喊道。

「在廚房！」他聽見看守人回應。「跟著香味走。」

亞倫聞了聞，肚子發出的聲音響徹雲霄。他的鼻子領他順利抵達廚房，只見德瑞克穿著圍裙、戴著厚手套忙進忙出。

「坐。」看守人對亞倫說，指向房間中央橢圓形餐桌最近的座位。這張桌子大到可以坐二十人。「晚餐馬上就好了。你覺得自己又像人了嗎？」

亞倫邊就坐邊點頭。「清洗乾淨後，我才發現自己之前有多髒。」

德瑞克走向一個酒桶，倒滿一杯冒泡的麥酒。他熟練地將酒杯推過光滑的餐桌，滑向亞倫。「我在雪地裡收藏了幾桶酒，以備不時之需。這桶是專爲你而開。」他拿起自己的酒杯，與亞倫乾杯。

亞倫也舉起酒杯回應，兩人各自喝了一大口。他驚訝地看著自己的杯子。「或許在野外度過一週讓我產生了錯覺，我敢發誓這是博金麥酒。」

「遠從提貝溪鎮運來的。」德瑞克點了點頭，接過亞倫的酒杯再倒一杯。「知道所有信使、車伕和車隊守衛的姓名是有好處的。」

「博金麥酒是我這輩子喝的第一口酒。」亞倫說著又淺嚐一口，讓酒緩緩滑過舌頭。突然間，他又變回十二歲，在提貝溪鎮的雜貨店裡聽著瑞根和老霍格討價還價。

「第一口是最棒的。」德瑞克說。

亞倫點頭，又喝一口。「我的人生就在那天徹底改變。」

德瑞克大笑。「所有男人都是這樣。」他放下酒杯，拿起一個挖空的硬麵包，舀了些厚切肉塊和燉蔬菜在裡面。

亞倫像地心魔物般大快朵頤，撕下熱呼呼的麵包去舀美味的燉菜塞到嘴裡。幾分鐘內，他已經把盤中的麵包和菜餚通通吃光。他這輩子從未吃得這麼滿足。

「黑夜呀，就連我媽煮的菜都沒那麼好吃。」他說。

德瑞克微笑。「待在這裡沒什麼事可做，所以我練成了一手好廚藝。」他清理餐盤和酒杯，換上咖啡杯。咖啡聞起來美味可口。

「喜歡的話，我們可以端咖啡到前廊去欣賞夕陽。」德瑞克說。「那裡有兩年前問世的新魔印玻璃製成的大窗戶。你看過那種東西嗎？」

亞倫微笑。當年就是他把魔印玻璃引進密爾恩，而布來楊伯爵訂製的玻璃全都來自卡伯的魔印店。窗框的魔印八成是他親手刻的。

「我聽過。」他說，不希望破壞看守人的興致，他看起來很以魔印玻璃為傲。

離開廚房後，石板地變成了光滑的松木地板，他們來到一間擺有襯墊沙發和矮桌的大客廳。亞倫的目光立刻被窗外的景色吸引，他倒抽一口氣。

他曾以為密爾恩公爵圖書館屋頂的群山景象就是全世界最美麗的風景，但那完全不能與驛站的景色相提並論，驛站似乎比四周的高山都要高。白雲在遙遠的下方飄盪，當雲開霧散時，他看見密爾恩只是遠方山下的一個小點。

他們在窗前坐下，德瑞克拿出兩支菸斗、一只菸草袋，還有一個放了火柴的乾燥盒。一時之間，他們安安靜靜地抽菸、喝咖啡，從世界頂端看著太陽下山。

「我想我從來沒有見過如此美麗的景象。」亞倫說。

德瑞克嘆氣，輕啜咖啡。「我以前也是這麼想，但現在美景只是我這座監獄的第四道牆。」

亞倫看向他，德瑞克臉色一紅。「抱歉。我不該破壞你欣賞美景的興致。」

亞倫揮開這個想法。「老實說，我懂你的感覺。你多久才能離開一次？」

「以前是工作一個月，休息一個月，」德瑞克說。「後來，我被人抓到冬天時和男爵女兒在廢棄礦坑裡約會，他差點把我的睪丸割掉，還說寧死也不會把女兒嫁給一個僕人。我已經待在這裡三個月，沒人來接班了。我猜她現在一定來經了，不然他們早就抓我回去、叫牧師來證婚啦。如果他們在驛站冬天關站前叫我回家，我就該偷笑了。」

「你已經獨自待在這裡三個月了？」亞倫問。光用想的他就要發瘋了。

「可以這麼說，」看守人說，「信使每兩週來一次，誤差不大，車隊每年會來幾次。我會獨處好幾週，然後突然就得照料十幾輛馬車、五十頭牲口和駄獸，外加三十名需要住宿的守衛，還有一個在我服侍他們時大吼大叫的貴族。」

「值得為她搞成這樣嗎？」亞倫問。

德瑞克輕笑。「史黛西．塔勒？世界上沒有比她更好的女孩了，你可以告訴她這是我說的。我本來能成為男爵女婿的，而不是慘遭放逐到這裡。」

「你不能辭職嗎？」亞倫問。「去找其他工作？」

德瑞克搖頭。「在布來楊黃金鎮，工作只有一種，就是男爵指派給你的工作。如果他要你整年都待在驛站，好吧……」他聳肩。「儘管如此，我還是認為，整天自言自語，總好過在黑暗的礦坑中揮動礦鎬、擔心礦坑坍塌，或是挖開通往地心魔域的通道之類的事。」

「我不認為你會挖到那種東西。」亞倫說。

「看來也比當信使安全。」德瑞克說。「你的臉怎麼了？」

亞倫反射性地伸手撫摸臉頰上被強盜射中的傷口。他在縫合前先用藥草敷過了，傷口復元得很好，不過傷口附近的肉看起來很紅，還黏著一些乾血塊，任誰都看得出來。

「被搶雷霆棒的強盜射的。」他說。「剛過第三根車隊魔印樁附近。」他很快把故事說了一遍。

德瑞克嘟噥道：「你的膽子和石惡魔一樣大，居然那樣甩雷霆棒，幸好他們不想傷害任何人。嚴苛的冬天會讓某些人鋌而走險。」

亞倫聳肩。「我不打算毫不抵抗就放棄我第一次真正以信使身分運送的貨物。那樣會開啟不好的先例。」

德瑞克點頭。「好吧，剩下的路上應該不會再有強盜。後天傍晚你就可以抵達布來楊黃金鎮。」

「這麼久？」亞倫問。「我們不是快到山頂了嗎？我以為只要快馬加鞭，明天下午就能抵達。」

德瑞克大笑。「信使，上面空氣稀薄。光是順著車道上去，就能讓你喘得和爬懸崖上去一樣。就連我回家時也會累上兩天，而我還是在那裡出生長大的。」

這時太陽已經變成地平面上一條火焰色的細線，片刻過後，陽光消失，讓他們處於幾乎全黑的環境下，等著惡魔浮現。外面白色的積雪映襯逐漸黑暗的天空。

亞倫轉向德瑞克，發現只能隱約看到他的輪廓。抽菸的時候，他的菸斗末端微微發光。「你不打算點燈嗎？」

德瑞克搖頭。「等著看。」

亞倫聳肩，將注意力轉回窗外，看著一頭石惡魔在外面的路上現形。它與平地那些石惡魔一樣是石灰色的，不過體型更小，細長的手腳各有兩個關節。四肢末端都有銳利的爪子，而它們四肢著地走路的時間與直立走路時差不多。

「我一直以爲石惡魔在地勢越高的地方越巨大。」亞倫說。「不知道爲什麼。」

「事實正好相反。」德瑞克說。「這裡獵物不多，而且積雪會絆倒大型惡魔。」

「很高興知道這點。」亞倫說。

石惡魔發現他們，立刻向窗戶疾撲上來。亞倫從未見過石惡魔衝這麼快、跳這麼遠。它在空中撞上魔印網，魔法綻放宛如閃電的光芒，把惡魔彈回路上，還差點摔下山去。地心魔物及時止住衝勢，長爪插入山崖邊緣的岩石中。

突然間，驛站正面所有魔印都活了過來，吸收石惡魔體內的魔法並啓動魔印網，依序發光的符號圖案閃過牆壁和橫梁。

許多魔印一閃即逝，不過亞倫感覺到熱魔印還隱隱發熱，光魔印也透過魔印網散布在房間各處，散發柔和又持久的光芒。

另一頭地心魔物衝向窗戶，那是一頭自天空尖叫俯衝而來的風惡魔。魔印網再度發光，熱魔印越來越熱，光魔印也越來越亮。更多惡魔攻向窗戶，數分鐘內，屋內已經比點燃十幾盞油燈還亮，也比火勢猛烈的火爐還熱。

「了不起。」亞倫說。「我從未見過這種繪印手法。」

「布來楊伯爵在生活享受上的花費絕不手軟。」德瑞克說。一頭惡魔突然撞上他面前的魔印，他嚇了一跳，接著皺眉，朝惡魔比出粗魯的手勢。

「它們每次都攻擊窗戶。」德瑞克說。「同樣的惡魔，每天晚上。我一直覺得它們總有一天會放棄，但它們總是學不會。」

「它們一看到你就發狂了。」亞倫說。「地心魔物或許殺什麼就吃什麼，但我認爲眞正塡飽它們肚子的是殺戮本身，而殺人類最能滿足它們。如果它們知道你在這，就算要花上百年才能突破魔印網，它們還是會每晚跑來測試魔印。」

「黑夜呀，這樣講眞令人不安。」德瑞克說。

「只要黑夜還支配世界，人類就不該安穩度日。」亞倫說著看回窗外。「這種高度只有石惡魔和風惡魔？」

「還有雪惡魔。」德瑞克說。「它們在積雪永不消融的更高處出沒，不過會隨著冬季風暴而下。」

「你見過雪惡魔？」亞倫目瞪口呆地看著他。

「喔，當然。」德瑞克說，不過在亞倫的目光下，他看起來越來越沒信心。「見過一次，」他更正，「我覺得。」

「你覺得？」亞倫問。

「熱魔印會把窗戶弄霧。」德瑞克承認。

亞倫揚起一邊眉毛，德瑞克只聳了聳肩。「我不是和你胡扯麥酒故事。或許我見過，或許我沒有。無所謂，總之我不會停止繪製這個魔印。吟遊詩人說我們之所以會淪落到這個地步，就是因爲停止繪印。就算我有生之年都沒有再見過地心魔物，但只要還有一口氣在，我就會繼續繪印，還會叫我兒子和孫子照做。」

「說得好。」亞倫認同。「你可以教我雪魔印嗎？」

「可以，那邊有寫字石板和粉筆。」德瑞克指向一旁說。他弄熄自己的菸，亞倫取來寫字工具交給德瑞克，求知若渴地看著他繪印。

他很驚訝地發現雪惡魔的基本禁忌魔印看起來與水惡魔的很像——線條向外勾，幾乎就像朵雪花。德瑞克繼續繪印，而亞倫身爲技巧高超的魔印師，立刻看出魔力會如何在魔印網中流動。他的手跟著德瑞克的線條移動，在筆記本裡畫下一模一樣的魔印，並加上註解。

獨臂魔找來驛站時，亞倫已經爬回羽毛床。他清楚聽見惡魔的嚎叫聲，還有它測試魔印時發出震耳欲聾的聲響。驛站防禦森嚴，但在大型惡魔的魔力加持下，室內的熱魔印和光魔印持續加溫發光，讓他覺得自己好像正午時分站在潮濕沼澤裡。亞倫躺得汗流浹背，從院子裡滲入的蒸氣導致一切都很潮濕。他回家後得花好幾天的時間幫他的護甲去鏽。

在終於認定不可能入眠後，他下床，開始在攜帶式魔印圈上加繪雪魔印，一直忙到天亮。德瑞克也睡不著，於是跑去套車，幫亞倫備馬。太陽一出來，亞倫立刻出發。

正如看守人警告，接下來的山道異常難走。在驛站悶了一夜後，他剛開始很享受山道上的寒氣，不過由於斗篷和內衣都是濕的，沒多久他就感到寒意透骨。胸甲上很快就結了層寒霜，而不管亞倫多努力，似乎都無法吸足一整口氣。就連黎明跑者也氣喘吁吁。他們移動緩慢，儘管離下一根魔印樁才短短幾哩路，他們還是很晚才抵達。亞倫絲毫不打算繼續前進。

第二天更辛苦。他的肺已在夜間適應了這個海拔的空氣，山道卻繼續向上延伸。

「上面一定有很多黃金。」亞倫對黎明跑者說，「不然根本不值得。」他立刻後悔自己說了這句話，不是因爲不符事實，而是因爲光是大聲說話這麼簡單的動作，都讓他的肺好像要燒起來。他們別無選擇，只能繼續上山，於是亞倫低下頭，忽視冷冽寒風和幾處深達膝蓋的積雪。車輪痕跡消失，連山道都看不到了，不過倒是不需要路標。這裡只有一條夾在山壁和陡峭懸崖間的路可走。

走到下午，亞倫全身上下都因爲缺氧而感到灼燒，而且他感覺自己無法負荷護甲的重量。他很想脫掉護甲，然而深怕自己一旦停步，就永遠無法再度啓程。

很多人都走過這趟旅程，他提醒自己。沒有什麼他們辦得到而你辦不到的事。

小礦鎮映入眼簾時，天色已經晚了，而亞倫和黎明跑者都已精疲力竭。布來楊黃金鎮是由許多非永久性的建築組成，有些是木屋，有些則用礦坑裡挖出的碎石、壓實的泥土或石粉所建。房舍大都很簡陋──用鞣製皮革充當門戶，另搭帳篷擴建，鎮中心有座大型木造旅社，是這座高原上最大的建築。

路上行人不多，幾乎都是女人和小孩，男人多半在礦坑裡工作。亞倫舔舔乾裂的嘴唇，拿起信使號角，清清楚楚地吹了一聲長音。這個動作彷彿在他喉嚨裡插了好幾把冰刀。

「信使！」一個男孩叫道。片刻過後，一群小孩圍上來，跳上跳下地問他帶了什麼給他們。

亞倫微笑。小時候每當有信使來到提貝溪鎮，自己也總是這麼興奮。他有備而來，拿出用玉米葉捲起的糖果、小玩具和拼圖丟給小朋友。他們開心的模樣如同熱水澡般洗盡他的疲憊，突然間，翻山越嶺似乎也沒那麼痛苦了，他甚至覺得自己的體力也恢復不少。

「我以後也要當信使。」一個男孩說道，亞倫摸摸他的頭髮，多給了他一顆糖。

「你早到了一天。」有人說，亞倫轉身看到一名身穿上好羊毛外套的矮個子男人，他的毛靴和手套上都有白色的雪貂毛邊，身後有兩名強壯的守衛，腰帶上掛著小鋤頭，看起來既像工具又像武器。男人揚起和藹可親的笑容走來，伸出自己的手。

「遇上了幾個強盜，」亞倫與他握手，「我加緊趕路，跳過一根魔印樁，和他們拉開距離。」

「塔勒，」男人自我介紹。「布來楊伯爵的表妹夫，布來楊黃金鎮男爵。山達怎麼了？」

「腿斷了。」亞倫說。「我是亞倫．貝爾斯。」

塔勒伸手搭上亞倫的肩膀，湊近一點。「我會告訴每個第一次上來的信使三件事──第一次上山總是最艱困，你明早呼吸就會順暢一點，然後下山會比上山輕鬆。」他哈哈大笑，好像自己講了什麼好笑的笑話，並噹啷一聲拍拍亞倫的護甲。

「我倒是沒想到他們會派沒來過的信使單獨前來。」塔勒說。

「本來有柯克信使同行，但是強盜一出現，他就夾著尾巴跑了。」亞倫說。

塔勒瞇起雙眼。「貨物沒事嗎？」

亞倫微笑。「一根釘子都沒少。」他交出一個蓋有布來楊伯爵的鎬鎚印記，以及柯克與亞倫自己印記的蠟印文件筒。

「哈！」伯爵大笑，鬆了口氣。他用力拍拍亞倫的背。「聽起來像是該到溫暖的室內再講的故事！」

塔勒揚起一手，派守衛接收貨車。亞倫跟在旁邊，看著他打開文件筒上的封蠟，拿出貨物清單，檢視貨車上的所有貨物，一路檢查到最後一行品項和私人包裹。文件筒裡有封伯爵寫來的私信，亞倫並不清楚其中內容。男爵將未開封的信封放進外套口袋。

他們前往馬廄，馬僮幫黎明跑者解鞍，守衛則忙著卸貨。亞倫想過去幫忙，但塔勒伸手拉住他。

「你辛苦趕路超過一週了，信使，這些粗活讓僕人去做。」他把貨單交給一名馬廄守衛，然後領亞倫入內。

✲

這間旅社就與驛站一樣有熱魔印加持，室內很暖和。旅社前方的雜貨店是鎮上唯一的生活必需品供應站。櫃台後方擺滿各式工具和裝備，還有寫有粉筆字的石板列出食物、牲口、特殊商品的價格。屋裡擠滿了女人，其中不少人身邊還跟著小孩，女人們向櫃台後接受點單和收錢的女人大叫，然後櫃台後的女人又叫塔勒男爵的強壯守衛到後面去取貨。

在漫長孤寂的旅程過後，亞倫一時難以習慣這種喧囂，不過男爵很快就帶他來到後方酒吧中一間安靜的包廂，裡面有張雕飾華麗的桌子。酒保立刻端上咖啡。

亞倫捧著熱騰騰的咖啡杯取暖，然後喝了一口，骨頭終於有點暖意了。男爵給他時間稍作休息，不久後兩個女人走到桌旁，一個很年輕，一個年紀大很多。她們的打扮比密爾恩貴族仕女樸素了點，不過還是能從服飾的剪裁和質料看出身分不凡。

亞倫禮貌性地起身，男爵則親吻兩名女子，然後轉身介紹。「亞倫．貝爾斯信使，容我介紹我的妻子，迪莉雅．塔勒女士，以及我的女兒史黛西。」

亞倫注意到他沒在男爵夫人的名字前加上「主母」的頭銜，不過他沒有多說什麼，只根據卡伯指導過的禮節鞠躬親吻女人的手。

男爵夫人年近六十，不甚美麗，臉頰清瘦，脖子很長，看起來像是獵魚的鳥。然而史黛西．塔勒就像德瑞克形容的一樣嬌美。

她和亞倫差不多年紀，黑髮藍眼，以密爾恩的標準可說身材高挑，體態婀娜。她長相算很漂亮，不過亞倫認為她真正的美源自眼神中那股哀傷。她馬甲上的繫帶沒綁緊，彷彿這件衣服已不再合身。

我猜她現在一定來經了，德瑞克說，但亞倫突然不敢肯定了。他得強迫自己目光上移，在被人抓到盯著她肚子看前面對她的雙眼。

他們全就了座，男爵和男爵夫人湊在一起，打開封蠟，閱讀布來楊伯爵的私信。他們開始交頭接耳，不時瞄向史黛西，而亞倫則假裝沒看到。他轉向女孩，希望能和她聊聊，但是男爵女兒無視他的存在，只瞪大了哀傷的雙眼看著父母交談。

最後，男爵嘟嚷一聲，轉頭面對亞倫。「我們很快會派遣車隊前往密爾恩，你可以將貨車留下，騎馬回去。我只有幾封信要託你帶走。」

亞倫點頭，沒過多久，就有人端上豐盛的午餐。男爵和他妻子頻頻問起密爾恩的近況，亞倫盡職地告知那座大城市裡所有值得一提的事，包括自己在信使公會裡聽說的謠言——流放在外的貴族似乎對謠言最感興趣。史黛西完全沒參與交談，一直低頭看著大腿。

最後，一名守衛拿著寫著粉筆字的石板和貨單來到桌旁。「少了一根雷霆棒。」他一臉懷疑地看著亞倫。

「不可能，」塔勒說，「再算一遍。」

「已經算兩遍了。」守衛說。

男爵皺眉，瞥了亞倫一眼，擠出笑容。「算第三遍。」他對守衛說。

亞倫清清喉嚨。「不，他沒算錯。少的那根塞在前面的座位底下，我拿去嚇退強盜。」他想說服自己，那根雷霆棒是不小心忘在那的，不過心裡很清楚自己故意把它留下，希望沒人發現少了一根。眾人滿臉驚訝地看著他，就連史黛西也抬起頭來。亞倫很快地解釋遭遇強盜的情況，不過沒提到山達。

塔勒男爵仍是聽得目瞪口呆。「你用雷霆棒嚇唬強盜？」

亞倫微笑。「我可沒說只是要嚇唬他們。」

塔勒哈哈大笑，並搖了搖頭。「眞不知道這是我聽過最勇敢還是最瘋狂的事！如果是眞的，你就和石惡魔一樣大膽。」

「他們說只有膽大的人才會成爲信使。」男爵夫人柔聲說，臉上的表情令亞倫微微顫抖。「但是他們如何得知這批貨的事？只有瑟拉主母和我知道確切的出發時間。」

「還有山達，」亞倫說，「他自稱那天早上摔斷了腿。」

「這是很嚴重的指控，信使。」塔勒說，語氣中透露一絲危險氣息。「你有證據嗎？」

亞倫知道自己接下來說的話能判山達的生死。他聳肩。「我沒有要指控任何人，只是說如果我是你，我會換個新信使。」

「我們怎麼知道是不是你自己想要這條路線？」男爵夫人問。

「我只是個學徒，」亞倫說，「公會怎麼樣也不會把這條路線指派給我。」

「呿，」男爵夫人不屑地揮手，「我們只要拿支筆就能改變這種情況，你很清楚。如果你說的是實話，我們可欠了你一個大人情。」

亞倫點頭。「很感謝妳，女士，但我還想多看看世界，不想這麼早跑固定路線。」

男爵夫人嘖了一聲。「你們這些年輕人總是這樣，有天你們會發現，走熟悉的固定路線也不是什麼壞事。」

❧

午飯後，男爵和男爵夫人起身。亞倫立刻跟著站起來，史黛西也跟進，不過她的眼神依舊空洞。

「請容我們告退，」塔勒說，「我們得先處理一些事。史黛西會幫你安排房間，讓僕人準備回程的補給，作爲布來楊伯爵的贈禮。」

他們消失在一團昂貴的毛皮中，史黛西行個淺淺的屈膝禮。「男爵女兒史黛西，爲你服務。」她輕聲說道。

「妳說得好像被判了死刑。」亞倫說。

終於，男爵女兒直視他的雙眼。「請見諒，信使，但你那封伯爵的信很可能已經宣判了我的死刑。」她認命的語氣聽起來彷彿淚早已流乾。

「我爬山爬到腳還在痛，」亞倫說著比向桌子，「妳願意陪我多坐一會兒嗎？」

史黛西點頭，允許亞倫幫她拉開椅子。「如你所願。」

亞倫在她對面坐下，湊近桌面，壓低音量。「有人說，把祕密告訴信使比告訴牧師還要安全。除了告訴應該得知祕密的人，沒有人，也沒有地心魔域的惡魔，能逼他透露祕密。」

「一個過去一小時都在向我父母透露宮廷謠言的人居然對我說這種話？」史黛西說。

亞倫微笑。「那些謠言傳到信使公會的大廳後就不再是祕密了，不過我倒可以告訴妳一個。」

史黛西揚起一道眉毛。「喔？」

「德瑞克依然認為世上沒有比史黛西．塔勒更好的女人，並且暗自期待妳還沒來經。」亞倫說。

「他說我可以告訴妳這些話。」

史黛西倒抽一口涼氣，伸手按住胸口。她蒼白的雙頰紅潤起來，一臉罪惡地環顧四周，附近沒人在看。她終於全神貫注在亞倫身上。

「顯然我的經期還沒開始。」她說著，下意識地摸摸腰際的繫繩。「但那不能改變什麼，他配不上我。」

「是妳自己還是妳父親這麼想？」亞倫問。

史黛西聳肩。「有什麼差別？我父親或許在我母親去世、再娶布來楊伯爵的貴族表妹時拿掉了姓氏中的i【譯註】，但因為他得仰賴婚誓才能躋身貴族圈，在其他貴族面前，他依然覺得自己是個商人。他希望我過得更好，而那表示要替合適的貴族丈夫生孩子，然後去唸主母學校。」

亞倫很想一口啐在地板上。他十一歲時，父親曾想強迫他結婚，而他還記得那是什麼感覺。

譯註：塔勒（Talor），原文加個i會變成Tailor，也就裁縫的意思。

「我的家鄉沒人自稱貴族，」他說，「我認為那樣比較好。」

「說得沒錯。」史黛西傷心地同意道。

「等妳懷孕的事洩露出去，妳父親要如何安排婚事？」亞倫問。

史黛西苦笑。「八成沒辦法安排，所以他派遣的『車隊』會把我送到布來楊伯爵的宮殿裡，讓我偽裝成僕人並祕密生產，之後瑟拉主母就會假裝我才剛剛抵城，帶我去宮中見人，幫我說合『門當戶對』的親事。德瑞克根本不會發現自己當父親了。」

「到時候妳會經過驛站。」亞倫說。

「無所謂。」史黛西說。「我們會帶新的看守人隨行，接手德瑞克的職務，他會在發現我被鎖在馬車裡前就動身回家。」

她左顧右盼，確保沒人監視他們，然後伸手握住亞倫的手。他從她眼中看見狂熱之情、對冒險的渴望。「但如果德瑞克知道將會面對什麼情況，並事先藏起補給品，他就可以偷溜下山，而不是上山。就算父親在德瑞克失蹤時派人來追我們，我們也已經先走了一個禮拜。這段時間足夠我們找到彼此，變賣我的珠寶，然後在城裡銷聲匿跡。我們可以不顧他的階級結婚，一起撫養孩子。」

史黛西看著他，神情迫切。「只要你這麼告訴他，信使，不對其他人洩露，也不記載在你的日誌裡，我可以支付任何代價。」

亞倫看著她，心生一股哥哥保護妹妹的心態。他願意分文不取，幫她送信，但無法否認自己想要一樣東西——男爵女兒或許能夠取得的東西。

「我要一根雷霆棒。」他輕聲說道。

史黛西嗤之以鼻。「就這樣？我可以拿牛打放到你的補給品裡。」

亞倫吃了一驚，沒想到事情會這麼順利，不過立刻把驚訝的神情轉為笑容。

「你要雷霆棒做什麼？」史黛西問。

「要殺一頭追我的石惡魔。」亞倫說。

史黛西側過腦袋，用不確定他是在開玩笑還是發瘋了的表情看著亞倫。最後她微微聳肩，直視他的目光。「只要你保證會幫我傳話。」

✲

亞倫多休息了兩天，讓黃金鎮鎮民準備給他帶回城去的信件。稀薄的高山空氣還是會讓他容易疲倦，不過影響越來越不明顯。他善用時間，觀察礦工使用新運到的雷霆棒。所有人都想取悅新信使，都很樂意回答問題。

眼看他們轉眼之間就把一大片堅硬的岩面炸成好幾噸碎石，亞倫終於確定雷霆棒的毀滅威力絕非誇大其詞。如果世界上有東西能貫穿獨臂魔的厚殼，肯定就是這玩意兒了。

終於一切準備就緒，他於第三天穿回護甲，走向馬廄。他的鞍袋已裝滿補給品，其中包括了一個裝有雷霆棒的小盒子，盒內用稻草塡滿縫隙，裡頭還放了一封以流暢的字跡寫給德瑞克的蠟封信。

正如男爵所言，下山比上山輕鬆多了。亞倫抵達第一根魔印樁時天色尚早，於是繼續前進，天還沒黑就抵達驛站。德瑞克出來迎接他。

「我有一封特別的信要給你。」亞倫說著把信交給他。看守人看到信，眼睛一亮，就著陽光打量未拆封的信。

「造物主哇，」他祈禱。「請告訴我她經期沒來。」

他興奮地拆開信封，笑容卻逐漸消失，臉色也越來越白，幾乎與附近積雪的顏色差不多。他一臉恐懼地抬頭看向亞倫。

「黑夜呀，」他說，「她瘋了。她真的以爲我會和她私奔去密爾恩？」

「爲什麼不去？」亞倫問。「你剛剛才向造物主祈求能和她在一起。」

「當然，因爲我以爲和她在一起會讓我成爲男爵女婿，而不是得在野外面對地心魔物一週或更久。」

「那又怎樣？」亞倫問。「一路上都有營地，而你也是經驗豐富的魔印師。」

「信使，你知道擔任驛站看守人最可怕的是什麼嗎？」德瑞克問。

「孤獨？」

德瑞克搖頭。「回家的旅程中在外過夜的那晚。沒錯，你可以在一天之內下山抵達驛站，但回去的時候，就非得在魔印樁下過夜不可。」他發抖。「看著惡魔在面前走來走去，和你之間除了魔法外什麼都沒有。我不懂你們信使是怎麼辦到的。我每次回家，褲子上都沾著結冰的尿。我絕對不會獨自在外過夜。每次放假時，我爸和兩個哥哥都會出來接我，四個人輪班站哨。」

「很多人都走過這段路。」亞倫說。

「每年起碼有半打人死在路上。」德瑞克說。「有時候更多。」

「那是因爲不小心。」亞倫說。

「也可能只是運氣不好。」德瑞克說。「沒有女人值得我冒這個險。我很喜歡史黛西，我們獨處時她可騷了，但布來楊黃金鎮不是只有她一個女人。」

亞倫臉色一沉。德瑞克厚顏無恥地固執己見，爲了掩飾懦弱而提出一個個藉口，在在都讓他聯想到父親。傑夫·貝爾斯同樣也在得於牆外過夜時背棄了自己的妻子和孩子，亞倫的母親因而喪命。

「如果拋下史黛西和你的孩子回去布來楊黃金鎮，你根本就不是男人。」他說著一口啐在地上。

德瑞克大吼一聲，舉起拳頭。「信使，關你什麼事？你何必在乎我是否和男爵的女兒私奔？」

「我在乎，因爲那女孩和她肚裡的孩子不該遇上你這種天殺的懦夫。」亞倫說，隨即被德瑞克打得眼冒金星。他順著對方攻擊的力道翻身，以鋼板手肘擊中看守人的腰。德瑞克哀號一聲，彎下腰去，亞倫下一拳正中他的臉，把他打癱在雪地上。埋在心底許久的感覺浮現出來，亞倫得克制一股繼續打他的衝動。

他跳回馬背上。「我不想在這裡過夜。」他在看守人手肘撐地，搖著腦袋時說。「我寧願和地心魔物待在野外，也不要和拋棄自己孩子的男人待在魔印牆裡。」

山道翻過一道山脊，然後轉爲陡坡，把布來楊黃金鎮和驛站都擋在山脊的另一面。亞倫瘀青的臉頰在寒風中隱隱作痛，心情越來越糟。這不是他第一次錯估人性，感到自己的好意被辜負，八成也不會是最後一次，但每次都是爲了同樣的理由——恐懼，恐懼地心魔物，恐懼黑夜，恐懼死亡。

恐懼是好事。他父親以前常說。恐懼能讓我們活下來。

但就和很多事一樣，他父親錯了。傑夫．貝爾斯完全擁抱恐懼，認定恐懼就是智慧。或許傑夫因放任自己受恐懼支配而得以多活幾年，但在恐懼沉重的控制下，亞倫懷疑父親根本沒有眞正的人生。

我敬重地心魔物，亞倫心想，但絕不會停止抵抗它們。

日落前一小時，他停下來紮營，架設魔印圈，拴好黎明跑者，在牠身上包毯子。他看了雷霆棒盒一眼，決定不繼續等下去了。他不久前路過一條非常適合埋伏的窄道。他拿起兩支矛、兩根雷霆棒和盾牌，回頭上山。他很快就抵達了那條窄道，上方有道陡坡，與山達選來伏擊他和柯克的地點很像。他繼續沿著山道走了一段路，在獨臂魔必經的路線上丟了幾塊畫有光魔印的小木牌。他回到窄道，爬上陡坡，一臉熱切地看著山道，靜靜等候黃昏到來。

傍晚很快就降臨了，惡魔的臭味隨著噁心的魔物升起，從地底滲出，污染地表。這裡惡魔不多，不過離亞倫不到三呎遠處就有一頭石惡魔在陡坡上凝聚成形。它個頭矮小，外殼與石頭一樣顏色。

亞倫知道石惡魔要等到完全成形後才會注意到自己，因此沒有逃跑，也不架設魔印圈。他只是蜷伏在地，等待惡魔現身。等它完全成形後，他用盾牌擋在身前並一撲而上。畫在盾牌外緣的元素防禦魔印圈在亞倫碰到地心魔物時光芒大作，立即阻擋了他的衝勢，同時將石惡魔推出陡坡，墜落岩面。

聽見石惡魔的叫聲迅速遠離，最後遠遠傳來撞擊聲響時，亞倫面露微笑。砰地一聲，下方一整片積雪滑落，把墜地的石惡魔整個埋起來。他不確定從高空墜落能否對石惡魔造成永久傷害，不過還是很高興能激怒它。

當晚天氣晴朗，黃昏的微光黯淡下來，月光和星光照亮了雪地。即使在這種情況下，他還是早在看見獨臂魔的身影前，就遠遠聽見這頭巨型石惡魔的吼聲。

他靜靜等待，持盾的手中握著火柴，另一手則拿著雷霆棒。他的矛頭插在雪地裡，觸手可及。當山道上的魔印牌閃動魔光、照亮窄道時，亞倫拇指的指甲擦過火柴頭，啪地一聲點燃火柴。他用雷霆棒的引信去碰觸火焰，引信啪啦一聲點燃。他立刻揮手投擲，隨即揚起盾牌，從邊緣偷看。

獨臂魔不再前進，好奇地看著飛來的東西，接著揮動完好的那隻手臂——速度比亞倫想像中更快——格開雷霆棒。雷霆棒飛出視線範圍才終於爆炸，威力撼動整座山坡，亞倫被震得單膝跪倒，耳鳴不已。遠方傳來爆炸的回音。獨臂魔微顯分心，不過似乎沒有受到影響。

「可惡。」亞倫在巨型惡魔的注意力回到自己身上時喃喃唸道，並慶幸自己多帶了一根雷霆棒。

亞倫拿出第二根雷霆棒，在獨臂魔展開衝刺時尋找火柴。他點燃第二根雷霆棒，拋向獨臂魔，但是獨臂魔反應還是很快，它停下腳步，接住雷霆棒，拿到眼前細看。

亞倫躲在盾牌後，雷霆棒隨即在惡魔面前爆炸。黑夜於轟然巨響中大放光明，高溫和威力強大的衝擊波震得他翻倒在地，差點摔下懸崖。他趴在地上，奮力求生。

片刻過後，亞倫哈哈大笑著抬起頭，期待看見惡魔剩下半顆腦袋，結果獨臂魔卻毫髮無傷。

「不！」亞倫尖叫，惡魔也大吼一聲，繼續衝鋒。「不！不！不！」

他拿起一支矛，身體後傾，用力拋出。飛矛正中惡魔胸口，撞成了碎片，不過沒造成任何傷害。

「到底怎樣才殺得了你？」亞倫大叫，但惡魔毫不理會。亞倫心知戰鬥已經結束，於是咒罵一聲，把盾牌丟在地上，站在盾牌小小的保護範圍中。

但是惡魔的腳步撼動地面，發出震耳欲聾的巨響，亞倫不小心絆倒自己，摔上盾牌凸面，暗忖光靠盾牌絕不可能撐過一整夜。

他迅速撿起盾牌，另一手持矛。他的護甲或許能撐到撤退回黎明跑者的魔印圈，但要在夜裡的雪地中跑完這段距離可不容易，特別是他身上還揹了七十磅重的鋼鐵。惡魔的吼叫聲充斥亞倫耳中，整座山似乎都在搖晃。

獨臂魔抵達岩台，奮力一躍就抓住台緣。完好手臂末端的利爪陷入岩石，撐起自己的身體。亞倫徒勞無功地提矛刺它手臂，耳裡的聲音越來越響亮，突然間，他發現那並非獨臂魔的吼聲。他抬起頭，發現四周都是白雪，如同大水般朝自己直撲而來。

亞倫沒時間多想，立刻跳下陡坡，連滾帶爬地墜向山道。他強忍著落地的劇痛，起身緊貼坡面，並高舉盾牌。

雷霆棒爆炸引發的雪崩正面衝撞獨臂魔，就像剛剛對付它的小型表親一樣，將獨臂魔撞下了懸崖。亞倫才剛看見惡魔墜崖，自己也已慘遭雪埋。

雪的重量異常沉重，亞倫的手臂差點折斷，但他還是成功創造出一處避難空間，等到周遭的巨響消失，他立刻在雪崩主體繼續往下滑的同時挖開積雪爬出來。

他走向崖邊，不過黑暗中完全看不到獨臂魔，也聽不見它的吼叫。亞倫再度大笑，朝天揮拳。或許他沒辦法殺死那頭惡魔，不過他再度與它交手，並且活了下來，而獨臂魔八成需要好幾天才能再找上亞倫。

旁邊傳來一聲低吼，亞倫臉上的笑容消失——一定是雪崩帶來了一頭本來在高處的惡魔。他緊握著矛，舉起盾牌，同時慢慢轉身。

雪地反射明亮的月光和星光，在黑暗中灑下一股灰色調。一開始他沒看到對方，不過隨著地心魔物逼近，他護甲上的魔印吸收它的魔力，開始緩緩發光。魔印光的照射範圍內有東西在動，最後亞倫終於發現它了，一頭鱗片雪白，宛如雪花般閃閃發光的惡魔。它看起來很像火惡魔，體型不比中型犬大，四肢著地，口鼻突起，長長的魔角向後延伸到尖耳和肌肉糾結的長頸上方。

亞倫一時衝動，朝惡魔吐口口水，才驚訝地發現傳說是眞的。他的口水在接觸到純白的鱗片時瞬間結冰，裂成碎片。

雪惡魔瞇起雙眼，口鼻裂開，可能是在笑。它發出一陣恐怖的喉音，也回敬亞倫一口口水。

亞倫及時舉起盾牌，擋下唾液。盾牌表面變白結霜，持盾的手臂立刻凍僵。

惡魔撲上亞倫，被冰唾液凍脆的盾牌應聲而碎。亞倫被撞倒在雪地上，不過及時提腳擋在惡魔和自己之間，一腳踢開惡魔。雪惡魔被踢到崖邊，不過它前爪陷入岩石、固定住身形，後腿奮力尋找施力點。它過不了多久就會再度展開攻擊。

亞倫抖掉還在手上的盾牌碎片，舉矛衝向惡魔。他想把它推落懸崖，摔到獨臂魔落地處，但地心魔物爬回平地的速度比預期還快。它雙腿蹲低，然後撲上前去迎戰。

亞倫轉動矛身，持平防守，但地心魔物咬住矛柄，彷彿咬芹菜莖一樣咬斷粗木柄。亞倫雙手各持半截斷矛，像甩短棒般擊中惡魔雙耳，把它打到一旁。

他趁惡魔起身前轉身逃跑。當惡魔半身掛在懸崖邊時乘勝追擊是一回事，與惡魔正面衝突又是另一回事了。他的護甲上沒有雪魔印，沒辦法抵擋它的冰唾液。

護甲上的魔印持續發出微光，幫他照亮道路，但在雪惡魔和其他附近的惡魔眼裡，這種光亮就與烽火信號一樣。他跌跌撞撞地穿越雪地，利用下坡加快逃命速度。

但說到底，這樣還不夠。他的腳會陷入鬆動的積雪，雪惡魔卻能像昆蟲在水面上滑行般直接在雪面上奔跑。他感覺到它撲上自己的背，撞出了體內的空氣，把他壓倒在地。

亞倫順著倒地的勢道翻滾，在惡魔找出護甲縫隙前甩開它，但他還沒機會起身，惡魔就又跳了上來。他舉起護甲保護的手臂抵擋，厚鋼板擋住惡魔的利齒，不過它開始用力咬合。

鋼板扭曲變形，儘管手依然處於被冰唾液凍僵的狀態，亞倫還是痛得大叫。惡魔出爪抓他，利爪自護甲的關節處輕易貫穿網孔，如同鐵匠的大剪刀般刺穿大鋼板。

亞倫感覺到冰冷的爪子刺入皮膚，彷彿被冰柱刺中，隨即放聲慘叫。惡魔甩動腦袋，牙齒仍緊咬著他的手臂不放，隨時可能把整條手咬斷。傷口的鮮血濺在亞倫臉上。

但就在生死交關那一刻，亞倫瞥見惡魔如新雪般光滑的腹部，看到一線生機。他用另一隻手的手指沾自己的血，然後在雪惡魔的肚子上畫了個潦草的熱魔印。

魔印立刻發光，比在驛站裡看到的熱魔印更明亮、更強大。驛站的魔印純粹靠反饋魔力加持，這個魔印卻是直接吸收地心魔物的黑暗魔力。亞倫覺得自己的臉都要被魔印的力量燒傷了。

惡魔慘叫鬆口，亞倫一把推開它。它背部著地，亞倫看見自己畫的血魔印燒黑了白鱗片，接著冒出大火，如陽光般吞噬惡魔。他在雪地上氣喘吁吁，不過還活得好好的，眼看著雪惡魔在火中抽搐。

他迅速趕回營地，再度回到魔印圈守護下後鬆了一大口氣。他身上有幾塊護甲得用鐵撬才能撬開，而他非這麼做不可，因爲變形的鋼板截斷了好幾個部位的血液循環，也在他皮膚上劃開好幾道傷口。他點燃之前就已經架好的營火，當晚剩下的時間裡，他就一直待在營火旁取暖，試圖在縫合傷口的同時恢復手臂的知覺。

麻痺的手臂緩緩恢復知覺，隨之而來的是一陣彷彿灼傷的劇痛。儘管一夜驚魂，他還是面露微笑。他沒殺死本來要殺的惡魔，不過還是殺死了一頭惡魔，而他認識的人裡完全沒人殺過惡魔。亞倫享受傷口的痛楚，因爲那表示他還活著——而他本該會死。

第二天早上，亞倫領著黎明跑者走下陡峭的山道，他十分樂意透過走路來增進血液循環。當天稍晚，他身後傳來一聲叫喚。

「信使！」

亞倫轉頭看見德瑞克快步追趕而來。他停下腳步，看守人很快趕上，停步時差點摔倒。亞倫伸出沒受傷的手去扶他，讓他抓著黎明跑者的馬鞍，看守人面紅耳赤、氣喘吁吁。他被亞倫打過的眼睛又青又腫。

「你離驛站很遠。」亞倫在看守人呼吸恢復平穩後說道。

「整座山都聽得見昨晚雷霆棒爆炸聲，還有之後的雪崩。」德瑞克說。「我坐雪橇來找你。」

「爲什麼？」亞倫問。

德瑞克聳肩。「我想，如果你死了，我得把你的屍骨送還給你母親，如果你還活著，或許你會需要幫忙。我不喜歡你，信使，但只要是人都該獲得這種待遇。」

「你六個小時前就該路過雪崩的地點了，」亞倫說。「你早就看到我留下的足跡，知道我沒事了。爲什麼繼續跟來？」

德瑞克看著自己的腳。「我知道你昨天說得沒錯，我不肯承擔自己的責任。我想，那才是我氣成那樣的原因。當我看到死在你手上的那頭惡魔殘骸，我覺得睪丸好像被踢了一腳。我不知道自己怎麼了，只能一鼓作氣追上來。我想車隊會認定我死了，不過他們還是得在史黛西肚子變大前帶她離開布來楊黃金鎮。我要先去密爾恩等她。」

亞倫微微一笑，拍了拍他的肩膀。

※

亞倫回到店裡時，卡伯正斥責一名學徒。亞倫的老師心裡擔憂時總是脾氣暴躁。他聽到門鈴聲，抬頭看到亞倫站在門口，身後跟著德瑞克。他臉上的怒氣頓時消散，學徒聰明地趁機躲到後面的房間。

「你回來了。」卡伯嘟噥道，連手都沒握就走向工作桌坐下。

亞倫點頭。「這位是德瑞克，來自布來楊黃金鎮。他手很穩，善於繪印，也需要工作。」

「雇用你了。」卡伯說著拿起刻蝕工具。他揚起皺巴巴的下巴，對著亞倫那隻沒穿護甲、還掛在吊帶上的左手問道：「怎麼了？」

「你現在認識親眼見過雪惡魔的人了。」亞倫說。

卡伯搖頭大笑，彎腰開始工作。

「早該知道只要它們眞的存在，就一定會被你遇上。」他喃喃說道。

大市集 328 AR

作者的話

對作者來說，每本小說都是一段學習過程，《魔印人》（*The Warded Man*，英國版書名爲 *The Painted Man*）也不例外。要讓故事進展快速、每一頁都維持「接下來會發生什麼事」的緊張感，是很艱困的挑戰，特別是整本書橫跨十四年，分別描述三個角色成長過程的情況。這段過程有一部分是學習何時該爲了顧全大局而刪減已經寫好的情節（就算我很喜歡還是得刪）。更重要的是，要學會未來的布局，不要再寫出這類得被刪除的情節。

《大市集》就是想寫而沒寫出來的情節之一。基本上，它是《魔印人》的第十六又二分之一章，時間介於第十六與十七章間的三年空檔，是亞倫擔任信使時穿梭於自由城邦所發生的故事。

這是亞倫一生中精彩刺激、充滿冒險的階段，當時他正四下遊歷，接觸到許多生活在魔印庇蔭下的人物，因此適合衍生出各式各樣的故事。

就像電視影集《功夫》的主角甘貴成一樣。

我對那三年間所發生的事件有很多想法，不過沒辦法把它們通通塞進《魔印人》裡，就算可以塞，這些短篇故事也會拖垮亞倫天命之旅的節奏。於是我決定跳過這些支線故事，改天再抽空來寫，讓已變得老成世故的亞倫出現在第十七章〈廢墟〉開頭，向讀者輕描淡寫地帶過一連串冒險事蹟，直接描述亞倫找到失落之城安納克桑的情況，也就是他生命中下一個眞正的轉捩點。

這些故事有一部分會出現在接下來的本傳小說，但亞倫找到失落之城的過程太龐大、完整了，不適合放在小說中，而我很高興能藉這本短篇小說講述這個故事。

《大市集》中描寫了亞倫所有讓我喜愛的特質，也展現出我最喜歡的配角之一——卡非特阿邦——的個性，這是我首次透過他的角度描述故事。不管你是想接觸亞倫的世界的新讀者，還是想在系列第二部《沙漠之矛》於二〇一〇年四月發行前解饞的老讀者，我想你都會喜歡這個故事。

彼得・V・布雷特　二〇〇九年七月

www.petervbrett.com

大市集 328AR

沙漠的陽光很沉重。不光是炎熱或刺眼，還有一股壓迫感，亞倫一直克制著彎腰的衝動，因爲那樣感覺像對陽光屈服。

他騎馬穿越克拉西亞沙漠外緣，觸目所及，四面八方都只看得到乾裂的土地。沒有東西投射陰影或反射高溫，沒有東西可以維持生命。

沒有東西會讓任何有理性的人在此遊蕩，亞倫罵自己，不過還是抬頭挺胸地對抗陽光。他在衣服外加披一件薄薄的白袍，並將兜帽拉低，遮在眼前，還用面巾遮蔽口鼻。布料反射了部分陽光，然而似乎沒產生多少保護作用。他甚至拿了塊白布鋪在自己的馬上，那是匹名叫黎明跑者的栗色駿馬。

馬乾咳一聲，試圖咳出不停進入喉嚨裡的沙塵。

「我也很渴，黎明。」亞倫說著拍拍馬頸。「但早上的飲水配給已經喝光了，暫時只能忍耐。」

亞倫再度拿出阿邦的地圖。掛在脖子上的羅盤顯示，他們依然朝正東方前進，卻完全不見峽谷蹤影。峽谷一天前就該出現了，不管是否嚴格配給飲水，如果再不抵達河岸、找到水的話，他們再過一天就得返回克拉西亞堡。

*不然你也可以少渴一天，現在就折返。*他腦中有個聲音說道。

那個聲音一直叫他折返。亞倫會用父親的聲音提出這些想法，這個已經將近十年沒見的男人依然在亞倫腦中揮之不去。這些話總是帶著他父親偏好的那種彷彿很嚴肅、睿智的語氣。傑夫．貝爾斯是個腳踏實地的好人，但那些嚴肅、睿智的想法，讓他一輩子最遠只能到離自家幾小時路程的地方。

每個遠離遮風避雨場所的日子，都代表夜晚得與地心魔物一起待在野外，就連亞倫也不會小看這件事。不過，他有種深沉強烈的渴望，要見識其他人不曾看過的景象、前往沒人去過的地方。他逃家時才十一歲，現在已經二十歲了，而當今世上，到過的地方比他還多的人已是屈指可數。

就像口乾舌燥一樣，腦中的聲音只是另一項亞倫得忍受的東西。惡魔已經把世界變得夠小了，他絕對不允許腦中喋喋不休的聲音讓世界更小。

這次他要找的巴哈卡德艾弗倫是一座名字直譯為「艾弗倫之碗」的小村落。艾弗倫是克拉西亞造物主的名諱。阿邦的地圖顯示，這座村落位於一處沖積峽谷中乾枯湖床內的天然盆地。這座小村落以陶器聞名，但陶器商人已有二十年不曾來到克拉西亞，加上有支戴爾沙羅姆遠征隊發現巴哈人慘遭黑夜吞噬，那之後就再也沒人去過了。

「我當時也是那支遠征隊的一員。」阿邦如此宣稱。亞倫懷疑地看著胖商人。

「真的。」阿邦說。「我當年是幫戴爾沙羅姆拿矛的菜鳥戰士，我記得要怎麼去那裡。我們沒見到任何巴哈人，不過村子沒有遭到破壞。戰士不在乎陶器，也認為掠奪無人村落是不榮譽的事。即使時至今日，那座廢墟裡還有不少陶器，等待任何有勇氣的人去拿。」他當時湊過來，若有深意地說，「巴哈大師級的陶器，在大市集裡可以賣到一銀幣。」

現在，亞倫身陷在沙漠中，懷疑整件事是否都是阿邦憑空杜撰出來的。

他又走了好幾個小時，終於在前方乾裂的土地上看到一絲陰影。他心跳加劇，在黎明跑者沉重的步伐中看著峽谷逐漸映入眼簾。亞倫鬆了一大口氣，提醒自己稍早忽略父親的聲音是有理由的。他駕馭馬匹轉向南，沒過多久就看見那座盆地。

黎明跑者開開心心地來到盆地陰影中。村落的居民顯然也與他的馬一般心思，他們把家園建在古老的峽谷岩壁上，深深挖入土牆中，並向外延伸出與峽谷同樣色調的泥磚建築，不管在任何距離都不易被發現。這對在沙漠上空搜索獵物的風惡魔來說，正是完美的偽裝。

儘管有這層保護，巴哈人還是被滅村了。河流乾枯，疾病和飢渴讓他們無法對抗地心魔物。或許少數人曾試圖穿越沙漠前往克拉西亞堡，但就算眞有這種人，後來也沒人見過。

亞倫原本滿懷期待，不過在發現自己騎入一座墳場時，心情立刻再度跌落谷底。又跌一次。他於路過一間間房舍時在空中繪製防禦魔印，喊道：「喂，巴哈人！」暗自期待還有人存活下來。

結果他只聽到自己的回音。有些門窗上用以遮蔽陽光的布還在原位，不過都很骯髒破爛，刻在泥磚上的魔印也因長年風吹日曬而被磨光了。牆上都是惡魔爪痕。這裡沒有倖存者。

村子中央挖有一些惡魔坑，專用來困住惡魔，等待烈日焚燒。沿著峽谷岩壁蜿蜒而上、連接各層住家的石階上也有不少障礙物。這些都是匆忙建立的防禦工事，戴爾沙羅姆的目的不是守護巴哈人，而是要彰顯他們的榮耀。巴哈卡德艾弗倫是卡非特村落，這種階級的人沒資格持矛作戰或進入天堂，但即使是卡非特也有權躺入淨化過的土地安息，如果夠格，他們也許可以投胎轉世到更高的階級。

戴爾沙羅姆只有一種淨化土地的辦法。他們把自己的血和地心魔物體內的黑色膿汁，灑在地上。

他們稱之為「阿拉蓋沙拉克」，就是「惡魔戰爭」的意思，克拉西亞堡每晚都會進行這種戰役——一場永恆的戰爭——直到惡魔死光，或是沒有戰士能繼續打下去為止。戰士們曾在巴哈卡德艾弗倫作戰一夜，以淨化巴哈人的墳場。

亞倫繞過封鎖屏障，向下抵達河床，曾經壯麗的河道如今只剩泥濘不堪的涓涓細流。有些纖細的植物頑強地沿著水邊成長，更遠處就只剩死去植物的枯莖，塵土滿布，因為氣候乾燥而沒有腐爛。

水流積聚成一些小池子，水很混濁，還散發著惡臭。亞倫用木炭和布過濾污水，不過還是懷疑地看著那些水，然後決定先煮過再說。黎明跑者在他煮水時啃食刺刺的野草。

天色已晚，亞倫忿恨地望著西沉的太陽。「來吧，小子，」他對馬說。「該是把我們自己鎖起來過夜的時候了。」

他領著黎明跑者走上河床，來到村子的大廣場。因雨量稀少且缺乏風化腐蝕，深二十呎、直徑十呎的惡魔坑完好如初，不過刻在坑旁石頭上的魔印都髒掉或淡掉了。現在掉入坑裡的惡魔大概一下子就能爬上來。

儘管如此，惡魔坑仍能提供些許保護。亞倫在一面磚牆和一個惡魔坑之間架設多個攜帶式魔印圈，減少惡魔可以通往營地的路徑。

亞倫的攜帶式魔印圈直徑達十呎，由亮面木牌和結實的繩索組成。每塊木牌上都漆有古老的禁忌魔印，足以阻擋所有已知的地心魔物以守護自己。他把木牌擺在精確的位置上，確保魔印皆正確對齊，形成毫無漏洞的魔印網。

他在其中一個魔印圈內插了根木樁，然後用繩子在黎明跑者腳上繞了一圈，讓馬難以行走，接著用十分複雜的繩結把牠拴在木樁上。如果馬在惡魔來襲時試圖逃跑，繩子就會扯緊，把牠固定在原位。不過亞倫只要一拉就能解開繩索，鬆脫套環，轉眼間釋放黎明跑者。

亞倫在另一道魔印圈中架設自己的營地。他架好火堆，不過暫時還沒生火，因為木柴在沙漠如此深處十分寶貴，而沙漠的夜晚可是很冷的。

他一邊動作，一邊注意通往岩壁上泥磚建築的石階。德拉瓦西大師的工作室就位於那上面某處，這名工匠還在世的時候，他的彩陶作品就已價值等重的黃金，如今更是無價之寶。只要一件德拉瓦西眞品，就算是還放在陶輪上的未完成品，大概就足以支付亞倫整趟旅程的開銷。多幾件的話，就能讓他變成富翁。

亞倫的地圖上記載了大師工作室的確切位置，但不管有多想上去搜索，太陽都要下山了。

在大圓球落入地平線下的同時，地面上的熱氣逐漸消失，飄向天空，讓惡魔有路可以從地心魔域前往地表。魔印圈外有團邪惡的灰霧飄出地面，慢慢凝聚成惡魔的身軀。

隨著魔霧升起，亞倫開始出現幽閉恐懼感，彷彿魔印圈是用玻璃牆圍成的，將他阻隔在世界之外。儘管魔印只會隔離惡魔魔力，新鮮空氣仍能吹拂臉龐，他還是在魔印圈裡感到呼吸困難。他看著獄卒凝聚成形，不禁恨得牙癢癢的。

最早現身的是風惡魔，直立時的肩膀高度大概與高個子男人差不多，不過再加上高高的頭冠，風惡魔的身高便足足有八到九呎。它們大大的口鼻部像鳥喙般尖銳，嘴裡藏有數排如男人手指般粗的利齒。它們的皮膚是堅韌的護甲，能抵擋任何矛尖或箭頭。有彈性的薄膜自身側沿臂膀骨骼向外延伸，形成巨大堅韌的翅膀，通常長達其身高的三倍。翅膀末端長有利爪，能在俯衝時乾淨俐落地切斷人頭。

風惡魔沒有發現亞倫，因為他緊貼磚牆而坐且尚未生火。它們凝聚成形後，便往河床奔去。短小的雙腳讓它們在地面上的動作笨拙，但當它們尖叫著躍出河床邊緣，便突然展開雙翼沖天而起，猛力振翅數下，遁入黑暗的夜空，開始搜尋獵物時，身體構造的優雅之處立刻顯露出來。

亞倫原本以為橫行克拉西亞沙丘的沙惡魔會跟著凝聚成形，但是透過昏暗的天色，他發現魔霧已經逐漸稀薄，只冒出最後幾頭風惡魔。

亞倫精神一振。雖然地心魔物會獵殺幾乎所有的生物，但它們真正痛恨的只有人類，有時候即使在居民死光後還不肯離開廢墟，反而留下來等待其他人類受廢墟吸引而來的那天。惡魔不老不死，所以都很有耐心，有辦法在一個地方靜靜等待數十年，甚至更久。

風惡魔會繼續在這裡現身再自然不過了。峽谷的懸崖提供了十分理想的起飛點，而它們能在夜空中翱翔到遠方搜尋獵物。得待在地上的沙惡魔就沒這種優勢了，而亞倫完全沒有在附近發現它們的蹤跡。沙惡魔會成群結隊狩獵，人稱「風暴」。看來過去二十年間，風暴已為了尋找獵物而遠離此地。

亞倫站起身來，在最後一批風惡魔離去時，開始不耐煩地來回踱步，抬頭看著泥磚屋，考慮要不要上去。只要壓低身形，風惡魔不太可能從岩壁上發現他。就算形跡敗露，他還是可以躲到泥磚屋裡。那些門窗都太窄了，風惡魔不降落的話不可能進得去，而要絆倒或逃離地面上的風惡魔並不困難。他還是沒看到沙惡魔——它們的體型和膚色在泥磚村落裡會很顯眼。

而獨臂魔還要幾個小時才會抵達。如果動作夠快的話……

別傻了。等天亮！他父親的聲音大聲說道，但亞倫很少聽從那聲音。如果想安安穩穩地過日子，他乾脆待在自由城邦就好了，那裡泰半的居民終其一生都不敢踏出魔印網半步。

亞倫曾多次進入裸夜，特別是在克拉西亞堡的時候，他是那裡唯一參加過阿拉蓋沙拉克的外來者。不過這一次如果出事，他身邊可沒有戴爾沙羅姆與自己並肩作戰。他孤立無援。

那也不是什麼新鮮事，亞倫心想。

他在魔印圈中央生了一團小火，好在黑暗中輕易返回營地，然後在矛柄上加裝火把槽。他把備用火把放進背上的空袋子裡，希望待會可以在裡面裝滿巴哈陶器。最後，他拿出繪有與魔印圈相同防禦魔印的圓盾，踏出魔印力場。

離開魔印圈後，亞倫感覺自己吸入了太陽下山後的第一口新鮮空氣。雖然知道一切都是出於自己的想像，但他總覺得魔印圈外的空氣更好，比圈內的清涼香甜多了。能夠奪回一點地心魔物在夜晚自人類手上搶走的土地，感覺很不錯。

他走向台階，四下揮動火把，仔細注意惡魔出沒的跡象，隨時準備防禦或逃跑。

這段路很難走，因爲台階大小不一，有些窄到一腳踏不滿，有些則寬到要走好幾步才能抵達下一級台階。台階有時候幾乎是平的，有時候則很陡。他想像巴哈人的大腿都很粗壯。

更糟糕的是，戴爾沙羅姆洗劫了下層房舍來架設屏障。破碎的陶器、家具、衣物，任何沒固定在牆上的東西都被堆在路上，藉以拖慢奔向克拉西亞伏擊點的地心魔物，讓躲在伏擊點的戰士把它們拋過狹窄的側牆，丟進下方的惡魔坑。

亞倫矮身行走，爬上台階時利用土牆掩飾自己的行蹤，並且謹慎留意天空的情況。風惡魔可以在一哩外的高空安靜無聲地俯衝而下，於最後關頭展開翅膀，切斷人頭，用後腳雙爪抓起獵物，然後不必落地便飛回天上。他毫不懷疑風惡魔有能力在自己察覺前把自己抓走。

來到第五層時，路上不再有屏障，住家看起來並未遭到破壞，不過亞倫還是不顧大腿灼痛繼續前進。據說德拉瓦西大師的工作室位於第七層，因爲天堂共有七柱，奈的深淵也有七層。

亞倫來到第七層，看見大師的名字被刻在一間大屋的門框上。他壓下得意的微笑，再度察看附近，依然沒有沙惡魔，風惡魔似乎也都已飛到遙遠的夜空中。

門上掛著片破爛門簾，作用大概是抵擋永不止歇的橘沙，而非保護隱私或安全。在巴哈這麼小又遺世獨立的村落裡，沒有隱私或安全的問題。

亞倫在門口停步，用盾緣推開門簾，然後把矛伸到黑暗中。火把照亮了一間放滿陶器的房間。

亞倫有點喘不過氣，難以相信自己的眼睛。這些陶器維持在堆放整齊、準備好運往市集販售的狀態已經三十年了。陶器都蒙了層橘沙，顏色與屋牆和地面一模一樣，儘管這麼多年過去，這些陶器看來依然完好如初。他慢慢伸手去摸，手指在塵土上留下線條，於火光照耀下露出光滑漆面和亮彩圖案。一整間房間滿滿都是他搬不完的財富！

他單膝著地，放下矛和盾，取下背包。他看著那些花瓶、燈台和碗，盤算著要拿哪些。他會先拿幾件回營地檢視，剩下的等天亮後再回來搬。

他在將一只精緻的花瓶放入背包時聽見了一陣聲響，以爲是因爲自己拿走了某樣東西導致陶器堆即將坍倒，於是抓起矛，舉起火把。

但陶器堆並未搖晃，而那陣聲響再度傳來，這次聽起來類似低吼，「喔喔」的喉音在黑暗中迴盪著。

亞倫再也顧不得陶器，趕忙抓起盾牌，慢慢轉向聲音來源。肯定有頭沙惡魔無聲無息地跟蹤他來到這房間，卻無法壓抑喉嚨裡的動物本能。

亞倫緩緩轉圈，盡量舉遠火把，搜尋房間，但沒看見任何惡魔。他心裡一驚，抬頭往上看，不過上方也沒有東西等著撲到他身上。他抖了抖，強迫自己繼續搜索。

他差點就錯過了，不過火把剛好在對方再度低吼時照亮了正確位置。那裡乍見下似乎只是普通的磚牆，接著牆壁上有一部分……動了。

那裡有頭惡魔。即使亞倫瞪大眼睛瞧，地心魔物還是近乎隱形。它的外殼和土一樣是橘色的，還具有同樣的紋路。惡魔體型很小，不比中型犬大多少，不過全身都是強健的肌肉，而它的利爪在磚牆上留下深深的爪痕。亞倫從未見過這種惡魔。

地心魔物微微扭動，輕輕踏步，然後大吼一聲，身體一繃，朝他直撲而來。

「黑夜呀！」亞倫失聲驚叫，舉起盾牌，不確定盾牌上的魔印能否抵擋這頭新品種的惡魔。魔印是很挑剔的，每個魔印都只能抵擋特定種類的惡魔。有些魔印可以同時抵擋兩種，不過他可不敢拿命去賭。

惡魔撞上盾牌，魔光大作，亞倫摔倒在地，儘管魔印啓動了，亞倫還是知道盾牌擋不了多久。根本不該有惡魔能碰到他的盾牌，這頭惡魔卻能與試圖驅逐它的魔印對抗。

惡魔比外表看來更重，而亞倫躲在盾牌下，奮力舉盾將惡魔推向磚牆。地心魔物在撞上牆時鬆開利爪，但是仍在抵抗惡魔的魔力反過來推開亞倫。他摔在陶器堆裡，撞爛了一大堆無價之寶。

「可惡！」他咒罵，但沒時間惋惜了，惡魔已經撲了上來，撞得陶器碎片四散。亞倫努力掙扎起身，全身被銳利的碎片割傷。

他在土惡魔再度撲過來時舉起盾牌，然而惡魔的利爪深深插入盾牌，拔斷了亞倫手臂上的皮帶，扯下了盾牌。他手忙腳亂地後退，試圖在怪物擺脫盾牌前遠離它。要在沒有盾牌的狀態下跑回攜帶式魔印圈並不容易，而從剛剛的情況來看，他的攜帶式魔印圈也未必有辦法抵擋。

惡魔再度撲上，而亞倫已經舉矛，正中怪物胸口。這一矛刺得又狠又準，但就連最薄的地心魔物外殼都能折彎矛頭。矛頭沒有刺穿外殼，而火把擊中惡魔的臉便立刻脫落。亞倫手中使勁，推開惡魔，在搖曳的光線中看到它站不穩，並且一時被火光照得難以視物。

「來吧！」亞倫吼道，一邊驅趕惡魔，一邊向門口前進。它頭暈目眩地再度朝亞倫撲上，但他已經有所防備。亞倫扯起積滿塵土的門簾，把土惡魔夾在簾頁之間，在惡魔掙扎時抓緊末端。門簾在亞倫衝出門外、奔向台階時自門上脫落，讓惡魔摔了出去。惡魔纏在門簾裡，發出一聲悶吼，墜落至下方的廣場。

亞倫衝回屋內撿起火把，將背包、破損的盾牌和矛留在原地，急忙衝向台階。正要往下時，頭上傳來一陣啪嗒聲。他抬頭看向延伸至崖面的磚牆，牆上冒出許多土惡魔，他感覺腹部翻騰不已。

總有一天你會害死自己的。亞倫聽見父親的聲音說道，但在這個情況下，他沒時間也不打算爭辯。他轉過身去，以最快的速度衝下台階。

亞倫快到根本沒辦法在搖曳的火光中看清腳下，一步就跨出好幾階，但這樣還是不夠快。不但他後面有惡魔，前面也有。他上來的時候一定曾爬過它們，卻毫無所覺。衝向一座平台時，兩頭土惡魔正好從下一層轉上來，利爪撐地，肌肉緊繃，準備撲上。

它們來得突然，亞倫沒辦法停止往下的衝勢，只好做出唯一想得到的反應——直接翻下牆緣。這一落足足有十呎，他側身重重落在下一層的台階上。惡魔展開追逐，但亞倫不顧疼痛地跳起身來繼續狂奔。

惡魔速度很快，但亞倫的腳比較長，且情急之下跑得飛快。他利用記憶和視覺閃避克拉西亞人的屏障，突然開始感謝戴爾沙羅姆拆光了下層房舍的家具。

一頭惡魔從天而降，利爪深深陷入亞倫背部，尖牙插入他的肩膀，但他速度絲毫不減。他用火把去戳惡魔的臉，反身撞向岩壁，擠出怪物體內的空氣，令它放開爪子。他抓起地心魔物，丟向另外兩頭自台階追上來的惡魔。

亞倫利用耀眼的火把驅退惡魔，繼續前進。他摔倒兩次，一度扭傷腳踝，但兩次都在開始感覺到痛之前就起身繼續奔跑。身後的土惡魔多到彷彿整面岩壁都活了過來。

為了避開最後一座有惡魔等著他的平台，亞倫再度跳出牆緣，衝向營火，結果發現被他丟下懸崖的土惡魔受困在他的魔印圈裡。八成是因為高度和裹在身上的門簾讓它可以闖入魔印圈，但此刻怪物抓狂般地攻擊魔印網，迫切想要逃出去，在空氣中激盪出蛛網狀的白色魔光。

亞倫無法使用自己的魔印圈，於是衝向黎明跑者。一頭土惡魔擋在他面前，不過當它撲上時，亞倫丟下火把，雙手緊抓住它。惡魔銳利的鱗片割傷他的手，還朝他的臉噴出一股臭氣，但他迅速轉身，利用撲勢把惡魔拋向廣場上一個惡魔坑。

亞倫在衝入設置在馬周圍的攜帶式魔印圈時聽見一聲尖叫，接著魔印網在一頭風惡魔迎頭撞上時魔光大作。地心魔物被反彈出去，要不是及時展開翅膀、阻止衝勢，它就會和土惡魔一樣摔進坑裡。它朝他再度尖叫，於魔印光照耀下露出排排利齒。

但亞倫還沒安全。土惡魔一擁而上，數十頭一起衝向魔印圈。魔印在惡魔試圖闖入時大放光明、阻擋它們，不過卻沒有震退它們。魔力竄入它們受阻的身體，痛得它們放聲吼叫，不過它們還是以利爪插入地面，一吋吋地往前擠。亞倫在魔印圈裡遊走，出腳踢開它們，但這樣絕對撐不了多久，而今晚還很漫長。土惡魔遲早都會闖入魔印圈。黎明跑者也看出這一點，開始奮力扯動繩索。

但接著一聲吼叫蓋過了所有土惡魔發出的聲響，獨臂魔出現在廣場中。這頭石惡魔從魔角到腳趾足足有十五呎高，渾身覆蓋在一層厚厚的黑殼下，只有最強大的魔印才傷得了它。

巨大的地心魔物一如往常般憤怒，如同人類揮開落葉般，用完好的手臂揮開土惡魔，清出一條通往亞倫魔印圈的路。它向任何蠢到膽敢走近的土惡魔吼叫，殺了好幾頭體型較小的表親才讓它們了解它的意思。

亞倫在第一次遇上獨臂魔時砍斷它的手臂，那已是快十年前的事了。當年他還是個孩子，會砍斷這頭巨獸的手臂純粹出於意外，但獨臂魔不老不死，不會忘記仇恨，也不會原諒敵人。

每天晚上，獨臂魔都會出現在上一次看見亞倫的地點，然後跟蹤他的足跡。不管亞倫游過多少河流，爬過多少樹，高大的惡魔總能在幾小時內追上他，因爲它跑得比任何馬都還要快。它不會累也不會渴，一心一意只想報仇。

石惡魔重擊亞倫的魔印，在試圖報仇的過程中，用魔力照亮整座河谷盆地，但亞倫很熟悉石魔印，獨臂魔成功的機會微乎其微。儘管如此，亞倫還是坐在地上，抬頭凝視著怒氣沖沖的怪物，一點也沒有爲了這次意外獲救感到欣慰。他知道這頭強大的石惡魔總有一天會闖入他的魔印圈，到時候他就會希望自己已被那些土惡魔給吃了。

但此時此刻，他對惡魔比出不雅的手勢，然後在黎明跑者的鞍袋裡翻出他的備用藥草袋和繃帶。

他已經非常擅長自己縫合皮膚了。

黎明前一刻，天際微亮，亞倫被一陣狂亂的尖叫聲驚醒。由於生活型態讓他必須淺眠，他如同甩開毯子般擺脫睡意，立刻跳起身來。獨臂魔已經沉入地心魔域，所有風惡魔和土惡魔也一樣——除了一頭之外。

受困於亞倫主魔印圈裡的地心魔物使勁撞擊魔印網，抓向蛛網狀的魔光，卻無法突破。他的魔印或許不能完全抵抗土惡魔，但是當惡魔受困在完整的魔印圈裡時，魔印網的威力會大幅提升。

天際持續變亮，亞倫興致勃勃地看著惡魔存在的最後一刻。在逐漸明亮的光線下，怪物看起來有點像穿山甲，背上有一節節的橘色硬殼，短小有力的腿上覆蓋著銳利的厚鱗片，末端長有倒鉤利爪。它的大頭呈圓柱狀，能夠以強大的力道撞擊物體，而它正藉由徒勞無功地反覆撞擊魔法牆展示這種能力。

陽光開始灑落在乾涸的河床上，儘管依然處於峽谷岩壁的陰影裡，地心魔物還是發出痛苦的慘叫聲。陰影保護不了它多久了。

惡魔情急之下瓦解形體，在魔印圈中化爲一道橘霧。但就連虛實不定的型態也無法逃脫。魔印網的範圍內沒有通往地心魔域的通道，於是它飄向魔印圈邊緣，但是啪啦作響的魔力阻擋了它，透過橘霧閃閃發光，宛如烏雲中的閃電。

橘霧在魔印圈內不斷繞圈，一次次試圖在亞倫緊密的魔印網中找尋漏洞。即使在這種型態之下，亞倫還是能夠察覺它的絕望和恐懼，而那令他感到無比興奮。凡人的武器無法傷害惡魔。唯一肯定能殺死惡魔的方法，就是把它困在魔印圈裡等候陽光，但這麼做，往往犧牲的人數與殺死的惡魔數量差不多。

終於，太陽升到足以照亮河谷另一側的高度，亞倫看見橘霧如同木柴般冒出點點火星。突然間，橘霧起火燃燒，釋放一股高溫，四周的空氣通通燒了起來。亞倫感受到氣體流竄；他眼睛變乾、臉頰變紅，但他依然好似生死交關般無法偏開目光。由於惡魔從世界上奪走太多東西，亞倫始終看不膩惡魔爲邪惡付出終極代價的景象。

惡魔火焰熄滅後，他檢視自己的營地，發現多數工具都被惡魔扯出來打爛，或在它燃燒時一起被燒掉了。無法替代的物品在黎明跑者的魔印圈裡大多準備了一份備用品，但那頭死掉的惡魔讓他損失了出售陶器可以獲得的大半利潤。

如果還有陶器可賣的話。亞倫跑回德拉瓦西大師的工作室，正如他所擔心的，作品幾乎通通裂開或粉碎了。他搜索其他泥磚屋，找到很多陶器，不過都是堅固耐用的實用器具，依賴貿易生存的巴哈人沒有把藝術天分浪費在自己使用的物品上。現在他要是能彌補此行的損失，就很幸運了。

儘管損失慘重，亞倫還是抬頭挺胸地離開峽谷。他造訪了一個二十年沒人踏足的地方、勇敢面對當地的惡魔，還能活著離開講述這段歷險。

*你的好運總有一天會用光。*父親的聲音提醒他。

*或許，*他在腦中回嘴，*但不是今天。*

阿邦一拐一拐地走過沙漠之矛克拉西亞堡的大市集，以拐杖支撐自己大半體重。他肚子很大，但就算不大，他的瘸腿也撐不住整副身軀。

他戴著一條黃色絲質頭巾，頭巾上又加戴一頂褐色毛氈帽。褐色羊皮背心下有件寬鬆的亮面藍色絲質上衣，上頭繡著金線圖案，手指上則戴著閃亮的戒指。他的褲子與頭巾一樣是黃色的，以鑲滿珠寶的腰帶固定，拐杖頭是光滑的白象牙，刻成他這輩子買的第一頭駱駝，而他的腋窩就卡在兩座駝峰之間。

大市集順著內城牆綿延數哩。塵土滿布的炎熱街道上滿滿都是攤販、帳篷和圍欄，陳列著食物、香料、香水、衣服、珠寶、家具、牲口、馱獸，以及任何買家會感興趣的商品。

大市集與城牆外的大迷宮有著異曲同工之妙。大迷宮專用來讓戴爾沙羅姆囚殺試圖進城的惡魔，大市集則是用來困住買家，讓他們在賣家面前頭暈目眩。眼花繚亂的商品和積極的賣家能夠瓦解最難取悅的買家心防、解開他們的錢袋，而顯而易見的出路往往讓隨時更換擺攤地點的攤販擋住，變成死路。就連非常熟悉大市集街道的人，三不五時也會迷路。

但阿邦不會。大市集是他的家，討價還價的聲音是他賴以維生的空氣。他不會在大市集中迷路，就像第一戰士不會在大迷宮中迷路。

阿邦出生在位於大市集中央的自家營帳裡。他祖母負責接生，而阿邦的父親查賓就連妻子在後帳慘叫時也要開門做生意。他不能不做生意，特別是家裡又多了一張嘴吃飯。

阿邦記得查賓是個好人，即使因為膽小而不能擔任戰士、也因為缺乏信仰而無法出任祭司，但他依然努力工作，養家活口。

由於不能擔任這獨獨兩種符合克拉西亞男人身分的職業，阿邦的父親被迫每天卑躬屈膝，像女人般辛苦工作。他是卡非特——沒有榮譽的男人，艾弗倫的天堂之門永遠不會爲他而開。

但查賓無怨無尤地扛起責任，從生意清淡的小攤位做到遠近馳名，就連北方的綠地人都跑來和他做生意。他教阿邦數學和地理，讓阿邦學會寫字，以及綠地人的語言，以便與他們的信使討價還價。查賓教會阿邦很多事，其中最重要的一課就是要懼怕達馬。這是他用性命換來的教訓。

達馬爲艾弗倫的祭司，是克拉西亞社會中最高階的一群人。他們身穿遠遠就能看見的白袍，擔任人類與造物主間的橋梁。達馬有權殺害任何地位比他們低賤的族人，只要認定對方不尊敬他們或他們所代表的法律，就會當場處死對方，不必擔心遭到報復。

父親在阿邦八歲那年遇害。卡伯——一名來自北方的信使——來到他們攤位，爲回程旅途購買商品。他是很寶貴的顧客，也是綠地商品的重要貨源之一。阿邦知道要像對待王子般對待他。

「我在來此的旅程中弄壞了一副魔印圈。」卡伯撐著自己的矛，一拐一拐地走過來道。「我需要繩子和染料。」

查賓輕彈手指，阿邦拿給父親一小罐染料，然後跑去拿繩子。

「可惡的沙惡魔在我退入備用魔印圈時咬掉我半隻腳掌。」卡伯說，比了比自己綁著繃帶的腳。

查賓和卡伯因爲看腳而分心，沒注意到有達馬路過。

但是達馬注意到他們了——特別注意到阿邦的父親並未低頭鞠躬，這是卡非特見到祭司時必須遵行的禮節。

「鞠躬，你這個骯髒的卡非特！」護送達馬的戴爾沙羅姆吼道。

查賓被這聲吼叫嚇了一跳，連忙轉身，卻不小心把染料灑在達馬潔白無瑕的白袍上。

那一瞬間，時間彷彿凝結了，接著勃然大怒的達馬將手伸過櫃台，抓住查賓的頭髮和下巴用力一扭。就聽見喀啦一響，類似木材折斷的聲音在帳篷中迴響片刻，然後阿邦的父親倒地死亡。

那件事發生至今已經超過二十五年，但是阿邦依然清楚記得那個聲音。

年紀夠大時，阿邦被迫接受戰士訓練，讓他有機會不必分享父親的恥辱。但儘管阿邦不必承襲查賓的階級，他還是證實了自己和父親一樣懦弱、膽小。嚴苛的訓練在他還是新兵時就把他變成殘廢，然後他被逐出沙拉吉，淪為卡非特。

阿邦在路過某些攤位時向一些商人點頭。那些商人大多是女人，全身包在密不透風的黑袍下，不過也有些像他一樣的卡非特。他們也與阿邦同樣身穿容易辨識的華麗服飾，不過全都做出符合階級身分的打扮，頭戴褐帽、身穿褐背心。除了卡非特，只有女人會穿鮮艷的彩衣，而她們也只有在與丈夫獨處或是和其他女人一起時才會穿。

如果這些賣東西的女人鄙視卡非特阿邦，她們也知道不能表現出來。儘管擁有與父親相同的弱點，阿邦同時也遺傳了父親的強項。自阿邦接手以來，他們家族的生意逐年興旺，得罪他就表示會面臨生意上的損失，因為這個胖卡非特的人脈足以影響所有大市集與遠在北方數百哩外城市中的生意。大半來自綠地的生意都得透過阿邦，任何人想取得那些價值不菲的外來商品，都要把鄙夷愍在心裡。

除了一個人之外。阿邦抵達自己的大帳時，對街有人大聲叫他，他則厭惡地看著朝他跛行而來的競爭對手。

「阿邦，我的朋友！」對方叫道，雖然阿邦根本不是他的朋友。「我就說這個穿著女人服飾走來走去的人是你嘛！今天生意如何？」

阿邦皺起眉頭，不過知道不能惡言相向。阿密特．阿蘇．安拉吉斯．安馬甲是名戴爾沙羅姆戰士，與卡非特阿邦在地位上的差距，就與男人和女人的差別一樣大，儘管基本上而言，戴爾沙羅姆不能沒有正當理由就任意殺害卡非特，不過這麼幹的人也不會受到什麼懲罰。

這就是爲什麼阿邦得假裝偶爾從自己店裡消失的商品從來沒有存在過，而那些商品也不可能是被人偷走的原因，就算阿邦心裡清楚是阿密特的人偷走的也一樣。

阿密特是最近出現在大市集裡的禍害。一頭沙惡魔在作戰時咬掉了他的小腿肉，而他的傷口化膿了。最後達馬丁別無他法，只能將他截肢。在戰場上淪爲殘廢而沒有死亡是非常不名譽的事，但由於阿密特在天亮前把攻擊自己的惡魔困在惡魔坑裡，算是鞏固了自己進入天堂的資格。

阿密特和阿邦不同，全身包在黑袍下，做符合戰士身分的打扮，將夜巾披掛在頸上。他依然帶著矛，不過最近都是拿來充當拐杖，而非武器，但他仍磨尖了矛頭，一有機會就拿來威脅人。

身穿戰士黑袍的人在大市集裡很引人注目，因爲這裡大多只有女人和卡非特會來。人們在他身旁顯得戰戰兢兢，不敢靠近，所以阿密特在矛頭下綁了條鮮艷的橘布，顯示出商人身分，以吸引顧客的目光。

「啊，阿密特，我的好友！」阿邦說，換上一副經歷數千名顧客淬鍊的誠摯表情。「看在艾弗倫的份上，真高興見到你。有你在的時候，就連太陽都變亮了。生意很好，真的！多謝關心。相信你的店生意也不差？」

「當然，當然！」阿密特說，眼裡彷彿要射出飛刀。他看起來還有話要說，不過注意到有兩個女人停下來看阿邦的水果推車。

「來吧，來吧，尊貴的母親們，我對面的帳篷裡有更好的商品！」阿密特說。「你們要向沒有靈魂的卡非特買東西，還是在黑夜中勇敢面對惡魔大軍的男人？」

既然他都這麼說了，自然沒幾個人能拒絕他，於是兩個女人轉身走向阿密特的帳篷。阿密特譏笑阿邦。這已經不是他第一次搶走阿邦的生意了，多半也不會是最後一次。

這時喧鬧的市集中傳來嘶嘶聲，兩人同時抬頭。那是其他店家警告有達馬接近的聲音。四面八方的店家紛紛開始藏匿伊弗佳律法禁止販售的物品，像是烈酒或樂器。就連阿密特也低頭檢查自己有沒有攜帶違禁品。

幾分鐘過後，警告目標出現了。一名全身白袍的年輕達馬率領一群身穿白色纏腰布的奈達馬，布條一端垂在肩膀上的新手學員在市集上收集麵包、水果和肉。他們沒有支付任何商品的錢，店家也不敢向他們收。達馬就像山羊一樣到處吃草，而任何珍惜自己生命的商人都不敢多說什麼。

阿邦想起父親的教訓，在達馬出現時鞠躬鞠到整個人差點翻了過去。阿密特注意到他的模樣，於是用矛柄去撞阿邦的拐杖，在阿邦摔倒時哈哈大笑。達馬聞聲轉頭，阿邦在察覺到隨著這道目光而來的壓力時，像狗一樣全身都趴在地上。相反地，阿密特只是朝達馬點頭致敬，祭司也點頭回禮。

片刻過後，達馬離開，但阿邦看見其中一個奈達馬看著他，是個不到二十歲的瘦小子。男孩看了阿密特一眼，朝跪在地上的阿邦傻笑，接著狡詐地眨了眨眼，跟著其他夥伴離去。

最糟糕的是，帕爾青恩偏偏選在這個節骨眼上出現。

談生意前，最好不要被人看到自己跪倒在塵土中的模樣。

亞倫哀傷地看著跪在塵土裡的阿邦，他知道，顏面盡失對他朋友造成的傷害遠大於達馬的鞭子。亞倫佩服克拉西亞人很多事，但並不包括他們對待女人和卡非特的方式。沒有人該受此屈辱。

他刻意在阿邦撐著拐杖起身時偏過頭去，專心盯著一車他完全不感興趣的商品。等阿邦站直身子，拍乾淨灰塵後，亞倫牽著黎明跑者走過去，好像自己才剛到。

「帕爾青恩！」阿邦喊道，彷彿他也才剛剛看到亞倫。「很高興見到你，傑夫之子！從你滿載而歸的馬兒看來，這趟旅途收穫頗豐？」

亞倫拿出一只德拉瓦西的花瓶，交給阿邦檢視。一如往常，阿邦還沒看到東西，臉上就先擺出一副厭惡的神情。他讓亞倫想起家鄉提貝溪鎮的雜貨店老闆老霍格——絕不會在講價結束前讓賣家發現自己對商品感興趣。

「可惜，我本來期待更好的貨色。」阿邦說，雖然這只花瓶比亞倫在阿邦帳篷中見過的任何花瓶都來得漂亮。「我想它賣不了幾個錢。」

「今天別來那套惡魔屎。」亞倫大聲道。「爲了這些陶器，我差點連命都丟了，如果你不打算高價收買，我就直接拿去別家賣。」

「我好傷心，傑夫之子！」阿邦叫道。「給你那張地圖、教你怎麼找出那些寶貝的人可是我耶！」

「那地方充滿奇怪的惡魔，」亞倫說，「光憑這點就得提高價格。」

「奇怪的惡魔？」阿邦問。

亞倫點頭。「體型矮小，與當地岩石一樣是橘色的。」他說。「不比狗大，不過總數超過數百頭。」

阿邦點頭。「土惡魔。」他說。「巴哈卡德艾弗倫是它們的地盤。」

「黑夜呀，你知道？」亞倫叫道。「你明明知道，還讓我毫無準備就過去？」

「我沒告訴你土惡魔的事？」阿邦問。

「你他媽的就是沒有！」亞倫大吼。「我連對付它們的魔印都沒有！」

阿邦臉色發白。「帕爾青恩，你說沒有對付它們的魔印是什麼意思？」他問。「隨便一個笨小鬼都知道土惡魔。」

「如果你出生在天殺的沙漠裡，或許知道！」亞倫吼道。「我在那座天殺的公爵礦坑裡差點被雪惡魔殺掉時，他們也是這麼對我說的。我該把這批貨全運到北方的來森堡去賣，就當給你個教訓！」

「喔，沒必要那樣，帕爾青恩！」一個聲音說道。亞倫抬頭看見一名戴爾沙羅姆一拐一拐地穿街而來。他不認識這個人，不過並不意外對方認識自己。多數戴爾沙羅姆就算沒有親眼見過帕爾青恩，至少也都聽說過他。

「青恩」單獨用時是指「外來者」，實際上這個字帶有羞辱之意，是「懦夫」和「弱者」的同義字。這個頭銜比卡非特更低賤。然而「帕爾青恩」卻是「勇敢的外來者」，這是亞倫個人特有的頭銜，因爲他是從古至今唯一學習沙漠之矛的習俗、與戴爾沙羅姆並肩參加阿拉蓋沙拉克的綠地人。

「請容許我自我介紹。」對方以克拉西亞語說道，用戰士打招呼的方式握住亞倫的前臂。他不像阿邦會說北地語，不過亞倫與多數信使不同，會說流利的克拉西亞語。「我是阿密特．阿蘇．山米爾．安拉吉斯．安馬甲。」男人說。「請告訴我這個可悲的卡非特是怎麼虧待你的，我可以提供更好的價格。」

阿邦抓住亞倫的手臂。「如果告訴他你從聖地偷走陶器，帕爾青恩，」他以北地語說，「天黑前我們就會被釘在城門前的木樁上示眾。」

「卡非特！」阿密特叫道。「在男人面前說野蠻的語言是極端無禮的行爲！」

「非常抱歉，尊貴的戴爾沙羅姆。」阿邦說著深深鞠躬，同時後退，以免那傢伙又把自己絆倒。

「你不會想和這吃豬的半個男人打交道。」阿密特對亞倫說。「你曾在黑夜中作戰！你不該放低身段與卡非特交易。我和你一樣，手中染過惡魔膿汁。失去我的腳前，我曾送十二頭惡魔見識陽光！」

「啊！」阿邦以亞倫的語言喃喃說道，「上次聽他說才六頭而已，他大概到現在還沒數完吧。」

「呃，卡非特，你說什麼？」阿密特問，雖然聽不懂，但心裡明白八成不是什麼好話。

「沒什麼，尊貴的戴爾沙羅姆。」阿邦得意洋洋地鞠躬道。

阿密特一拳打在阿邦臉上。「我說過了，說那種野蠻的語言很沒禮貌！」他吼道。「向帕爾青恩道歉！」

亞倫受夠了。他敲擊矛柄，氣沖沖地轉向商人。「你要別人爲用我的母語和我交談道歉？」他大聲吼道，用力將阿密特推倒在地。一時之間，商人目光一凜，抓緊自己的矛，打算撲上去攻擊，但他瞄向亞倫強壯的雙腳，跟著又看向自己的斷腳，最後決定不要這麼做。他低頭。

「我道歉，帕爾青恩。」他咬牙切齒，彷彿說出的每一個字都很噁心。「我沒有不敬之意。」

克拉西亞的階級體系是把雙面刃。阿密特以戰士之禮向亞倫招呼，而戰士有他們自己的一套高低排序：從強到弱。阿密特的義肢讓他淪爲排序中的最底層。在強壯的戰士面前，他只比卡非特好一點。阿密特就是因此才決定以大市集爲家。

亞倫提矛指向阿密特。「污辱我的家鄉前最好多想一想。」他低聲威脅。「不然下次大市集的塵土將染上鮮血。」

他當然不是認眞的，但阿密特沒必要知道。要贏得戴爾沙羅姆的尊重，你就得展現實力。

阿邦趁著場面一發不可收拾前拉著亞倫回到自己的帳篷裡。

「哈！」他在兩人入帳，沉重的門簾在他們身後放下後大聲說道。「阿密特會爲了我目睹剛剛那幕而折磨我一整個月，不過不管他如何侮辱、毆打我，那幕都很値得。」

「你不該忍受別人這樣對你。」亞倫覺得自己已經說過上千次了。「這樣是不對的。」

但阿邦只揮了揮手。「不管對不對，我們這裡就是這樣，帕爾青恩。」阿邦說。「或許在你們那裡對我這種人的待遇不同，但在沙漠之矛，要改變這點比請太陽不要那麼熱還難。」

阿邦的帳篷裡很涼爽，他的女人立刻迎上來，接過亞倫滿是塵土的外袍和靴子，讓他換上乾淨的袍子。她們堆起枕頭給男人坐，拿出水壺、一盤盤的水果與肉，加上熱騰騰的茶。飽餐一頓後，阿邦拿出一只小酒瓶和兩只小酒杯。

「來吧，帕爾青恩，和我喝一杯。」他說。「讓我們冷靜下來，重新開始。」亞倫神色懷疑地看著那只小杯子，接著聳肩啜飲一口。

片刻過後，他把酒吐回杯中，手忙腳亂地去拿水壺。阿邦哈哈大笑，雙腳亂踢。

「你想毒死我嗎？」亞倫問，但在看到阿邦拿起他的杯子喝酒後，氣就消了。

「那噁心的玩意兒是什麼鬼？」他問。

「庫西酒。」阿邦說。「由發酵的穀物和肉桂蒸餾出來。看在艾弗倫的份上，你運送過這麼多桶庫西酒橫越沙漠，竟然一口都沒嚐過？」

「我不會喝我的貨。」亞倫說。「而且我得說，這味道比較像火惡魔的唾液，而不是肉桂。」

「它可以充當燈油。」阿邦笑著同意道。他又幫亞倫斟滿，將杯子遞給他。「第一杯最好大口喝下。」他邊建議邊為自己斟酒。「喝到第三杯時，這酒就會只剩肉桂味了。」

亞倫一飲而盡，然後差點嗆到。他的喉嚨灼燙到彷彿喝了滾水。

「這是地獄來的酒。」他邊咳邊說，不過還是讓阿邦又替他斟了一杯。

「達馬基同意這種說法，帕爾青恩。」阿邦說。「伊弗佳律法明令禁止庫西酒，但允許我們卡非特釀酒賣給青恩。」

「而你就留了一些自用。」亞倫說。

阿邦嗤之以鼻。「庫西酒在這裡的銷量比在綠地還要好，帕爾青恩。」他說。「只要一小瓶就能讓一個壯漢頭昏眼花，要避開達馬的耳目販售庫西酒很容易。卡非特都是論桶在喝，戴爾沙羅姆也會帶進大迷宮在黑夜中壯膽。甚至還有幾個達馬也喝上癮了。」

「你不擔心販售違禁烈酒給祭司會讓你下輩子得到報應？」亞倫邊問邊喝。才幾杯就越喝越順口了。

「如果我相信這種鬼話就會擔心，帕爾青恩。」阿邦說，「幸好我不相信。」

亞倫啜飲下一杯酒，喉嚨已經習慣那種燒灼感了。他享受著肉桂的香味，不明白之前為什麼嚐不出來。他覺得身體飄在自己倚著的繡花絲枕上。阿邦似乎也很放鬆，等那一小瓶酒喝完時，他們已經開始互相拍背，毫無來由地大笑。

「這下我們又是朋友了，」阿邦說，「來談生意吧？」

亞倫點頭，然後看著阿邦搖搖晃晃地站起身來，跌跌撞撞走向自家女人從黎明跑者身上取下來的巴哈陶器。當然，阿邦立刻又換回準備討價還價時的商人表情。

「這裡大多不是德拉瓦西的作品。」他說。

「大師店裡沒剩多少東西。」亞倫撒謊。「再說，在我們開始講價前，我們還得先討論你沒在行前就全盤告知風險的問題。」

「那有什麼關係？」阿邦問。「你和往常一樣毫髮無傷。」

「有關係，如果知道那裡擠滿了我的魔印應付不了的惡魔，我可能根本就不會去！」亞倫大聲說。

但阿邦只是笑了笑，無所謂地揮揮手。「傑夫之子，我有什麼理由欺騙你？」他問。「你是帕爾青恩，是哪裡都敢去的勇者！就算告訴你土惡魔的事，也只會更堅定你要去看看那個地方、對它們眼睛吐口水的決心！」

「阿諛奉承不能爲你開脫，阿邦。」亞倫說，不過這些奉承話還是讓他受庫西酒影響的心舒坦了些。「你得提出更好的條件才行。」

「帕爾青恩要我做什麼？」阿邦問。

「我要土惡魔的魔印寶典。」亞倫說。

「沒問題。」阿邦說，「完全免費。當作我送你的禮物，我的朋友。」亞倫揚起眉毛。魔印是很有價值的商品，而阿邦不是會免費送禮的人。

「這是投資。」阿邦說。「就連最樸素的巴哈陶器也很值錢。沾染幾絲危險氣息可以讓買家覺得自己買到稀世珍寶。」他看向亞倫。「村裡還有更多陶器？」他問。

亞倫點頭。

「那就對了。」阿邦說。「如果你在把陶器搬回來之前就死掉，我便無法獲利了。」

「說得好。」亞倫說。「但是，說眞的，你怎能提供這種商品？他們不是禁止你接觸任何魔印書籍嗎？」

阿邦輕笑。「他們幾乎禁止卡非特接觸任何東西，帕爾青恩。不過沒錯，達馬認爲魔印很神聖，所以會派人嚴密防守。」

「但你還是有辦法幫我弄來土惡魔的魔印寶典。」

「直接從達馬眼前拿過來！」阿邦笑著在亞倫的鼻子前彈指。亞倫醉醺醺地後退，摔在一疊枕頭上，兩人同時大笑。

「怎麼做？」亞倫繼續問。

「啊，我的朋友，」阿邦責備地朝亞倫搖手指，「你要我洩露太多商業機密了。」

「惡魔屎。」亞倫說。「你的巴哈地圖偏差超過一日的路程。如果要我相信你給我的地圖和魔印，我就得知道情報來源沒問題。」

阿邦望著他良久，然後聳肩坐回亞倫身邊。他彈彈手指，一個黑衣女人又端了一瓶庫西酒出來。她蹲下幫他們斟酒便鞠躬離開。他們碰杯喝酒。

阿邦湊上前來。「我會告訴你，帕爾青恩，」他小聲道，「不是因爲你是有價值的顧客，而是因爲你是我眞正的朋友。帕爾青恩向來以對待男人的方式對待這個低賤的卡非特。」

亞倫笑了笑，在杯裡斟酒。「你是男人。」他說。

阿邦點頭表達感激之情，然後湊得更近。「是我外甥，詹莫瑞。」他說道。「他父親是戴爾沙羅姆，不過當他還在襁褓中時就已死去。他父親家族沒什麼錢，所以我姊姊回到我的帳篷裡，在大市集中撫養他。他最近年紀到了，被帶去追隨父親的道路，不過他太瘦了，戴爾沙羅姆訓練官不滿意他的表現，然而達馬看上了他的機智，於是讓他擔任輔祭。」

「他是今天大市集裡的奈達馬之一？」亞倫問，阿邦點頭。

「詹莫瑞或許是受訓中的祭司，」阿邦說，「但他已經腐敗到骨子裡了，信仰比我還不堅定。只要告訴他有買家願意出錢，他就十分樂意抄寫或竊取神廟裡的任何卷軸。」

「任何卷軸？」亞倫問。

「什麼都行！」阿邦誇口，再度彈指。「眞的，就連失落之城安納克桑的地圖都偷得出來。」

亞倫聽得心跳都停了。安納克桑是克拉西亞人認知中，古代第一任解放者卡吉的權力中心。三千年前，上下幾世紀，卡吉征服了已知世界的所有領土——包括沙漠、綠地，以及更遠的地方，統一全人類與地心魔物作戰。利用具魔法的魔印武器，他們屠殺的惡魔數量之多，使得往後好幾世紀間，世人都深信自己已經贏了，地心魔物已經死絕，夜晚完全解放了。

但整體而言，那只是段短暫的勝利，如今全人類都明白了這一點。惡魔撤退回人類無法追去的地心魔域，然後靜靜等候。等待敵人衰老死去，還有他們的子嗣，子嗣的子嗣。地心魔物不老不死，有辦法等到地表上的生物徹底遺忘它們的存在。等到惡魔成爲神話，人類用以對付它們的魔印變成傳奇故事中的神祕記號為止。

它們等待，繁衍。當它們回歸時，奪回了曾經屬於它們的一切。

基本的禁忌和防禦魔印及時出世，拯救了少數人類的性命，但是遠古的卡吉戰鬥魔印——能給凡間武器加持，足以刺穿惡魔外殼的魔印——卻失傳了。多年以來，亞倫一直在廢墟中尋找戰鬥魔印，至今依然沒有找到它們曾經存在的證據，更別說是魔印本身。

但如果有什麼地方能找到戰鬥魔印，肯定就是安納克桑了。克拉西亞人祈禱時會朝西北方跪拜，也就是安納克桑理論上存在的方向。亞倫曾兩度出發尋找失落之城，但是那個方向有數千平方哩的沙漠，而他的搜尋行動感覺就像在沙塵暴中找尋一粒特定的沙。

「幫我弄到前往安納克桑的地圖。」亞倫說。「我就免費把所有巴哈陶器給你，甚至自費多帶一台拖車回去再運一批給你。」

阿邦驚訝地瞪大雙眼，接著突然笑出聲來，搖頭說道：「你當然知道我是開玩笑的，帕爾青恩，」他說，「卡吉的失落之城只是傳說。」

「不是傳說。」亞倫說。「我在密爾恩堡的公爵圖書館裡讀過相關記載。安納克桑確實存在，至少曾經存在過。」

阿邦瞇起雙眼。「姑且說你是對的，而我又能取得地圖。」他說。「聖城神聖不可侵犯。要是讓達馬查出你去過那裡，我們兩個都會沒命。」

「那與巴哈卡德艾弗倫有什麼不同？」亞倫問。「你不也說，洗劫廢墟中的陶器會讓我們獲判死刑嗎？」

「差別就與日夜一樣懸殊，帕爾青恩。」阿邦說。「巴哈無關緊要，只是住滿卡非特的駱駝尿小村莊。戴爾沙羅姆之所以用阿拉蓋沙拉克淨化巴哈人的墳墓，僅是爲了遵從伊弗佳律法，讓當地居民來生有機會晉升更高的階級。再說，全克拉西亞的宮殿裡都有德拉瓦西的作品。市場上多幾件只會吸引熱情買家的目光。」

「另一方面，安納克桑是世上最神聖的地方。」阿邦說。「如果你一個青恩膽敢褻瀆它，克拉西亞男女老幼都會獵殺你的腦袋。不管你帶回什麼物品，都會引來許多質疑。」

「我絕不會褻瀆任何東西！」亞倫說。「我一輩子都在研究古世界，不會有人比我更尊重我的發現。」

「光是踏足該地就是褻瀆了，帕爾青恩。」阿邦說。

「惡魔屎。」亞倫大聲道。「那裡已經數千年沒人去過了，當年卡吉的帝國橫跨你我祖先的領地。我和任何人一樣都有權去那裡。」

「你說得或許沒錯，帕爾青恩，」阿邦說，「但是在克拉西亞不會有多少人同意你的說法。」

「我不在乎。」亞倫說著直視阿邦雙眼。「幫我弄到那份地圖，不然我就把德拉瓦西的陶器帶去北方，還會開始向大市集其他店家販售我從北方帶來的商品。」

阿邦回瞪了一會兒，亞倫幾乎可以聽見他朋友腦中的算盤聲，計算著失去亞倫這個顧客會造成多大損失。沒幾個信使有膽量穿越克拉西亞沙漠和這裡的人做生意。亞倫前來沙漠之矛的次數比其他信使多上三倍，而他的克拉西亞語也好到能與其他商人做生意。

「那好吧，帕爾青恩。」阿邦終於說道。「但是事情敗露的話，你要自己負責。我不會經手任何桑城遺物。」

亞倫深感驚訝，因爲阿邦向來不放棄任何獲利的機會。

所謂笨蛋就是明知不該，偏偏還要去做的人。他父親的聲音說道。

亞倫揮開那個想法。失落之城的吸引力實在太強了，不管風險多高都值得。

「我絕不會洩露此事。」他承諾。

「我今晚就送信去給我外甥。」阿邦說。「每天晚上都有個低階達馬來向我買庫西酒，他會幫我帶信給那孩子作爲交換條件。他明天會回覆我們抄錄這份文件需要多久時間，還有什麼時候、在哪裡交貨。到時候你要和我一起去，帕爾青恩。我不會讓安納克桑地圖進入我的帳篷。」

亞倫點頭。「如你所願，我的朋友。」他說。

「希望你這話是眞心的，帕爾青恩。」阿邦說。

「我們得穿上這個。」阿邦說著捧起戴爾沙羅姆的黑袍。亞倫驚訝地瞪著他。儘管亞倫有時候會在大迷宮裡與戴爾沙羅姆並肩作戰，他們還是不允許他穿黑袍，更別說是阿邦……

「要是被人發現我們穿這種服裝？」他問。

阿邦直接就著瓶口喝庫西酒，然後把瓶子交給亞倫。「最好不要多想這種事。」他說。「我們晚上交易，這些袍子應該能在夜色中掩飾我們的行蹤。就算有人看到我們，夜巾也能提供僞裝，只要我們跑得比看到我們的人快就好。」

亞倫懷疑地看著阿邦的瘸腿，不過沒有多說什麼。「我們晚上出門？」他問。「伊弗佳律法不是禁止這種行爲嗎？」

「帕爾青恩，這整件事有哪個環節沒違背伊弗佳律法？」阿邦邊問邊拿起庫西酒瓶又喝了一口。「克拉西亞有很強的魔印守護，沒有活人在克拉西亞街道上見過任何惡魔。」

亞倫聳肩。「對我來說沒差。」他說。

「當然沒差。」阿邦喃喃說道，又喝一口庫西酒。「帕爾青恩無畏無懼。」

他們等待日落，然後換上戰士黑袍。亞倫在阿邦的眾多鏡子前欣賞自己的英姿，驚訝地發現只要在眼睛旁邊塗點化妝品，再放下夜巾，自己看起來就和所有克拉西亞戰士一樣，只是矮了幾吋。

話說回來，阿邦就禁不起近距離檢視了。他與戰士一樣高大，但是少了拐杖，他全身重心都靠在矛上，而且突起的腹部看起來一點也不像戰士的身材。

他們等到天色全黑後才打開帳帘，觀察形勢。亞倫遠遠聽見戴爾沙羅姆的號角聲和遠程武器的聲響，渴望和他們並肩作戰。

不管做什麼都比那樣安全。他腦中的聲音說道，第一次，亞倫同意這種說法。阿拉蓋沙拉克是美麗的瘋狂行徑，但缺乏了遠古戰鬥魔印，它畢竟只是一種瘋狂行徑。然而北地的做法，每天晚上縮在魔印後，也沒有理性到哪裡去。一種會害死人類的肉體，另一種則會磨光人類的意志。世界需要第三種選擇，而這種選擇只有古老魔印可以提供。

他們乘坐小駱駝拖車前往目的地。駱駝的腳和車輪都包有襯墊的皮革藉以降低音量，在塵土滿布的沙石街道上發出細微的聲響。他們穿街過巷時不敢點燈，不過沙漠星光明亮，大迷宮的魔印閃光宛如閃電，每隔一陣子就會短暫照亮一切。

「我們在英雄骸骨神廟沙利克霍拉和詹莫瑞碰面。」阿邦說。「他不能離開輔祭住所太遠。」

亞倫覺得有點內疚。巨大的沙利克霍拉既是神廟又是墳場，整座建築都是由死在阿拉蓋沙拉克中的戴爾沙羅姆作為建材。泥灰是用他們的血液混成。他們的骨頭和皮膚都被做成家具。數十萬，甚至數百萬名戰士都為了這理念犧牲生命，並把屍體獻給它的牆壁和圓頂。

克拉西亞中沒有比沙利克霍拉更神聖的地方，而現在他卻要趁夜溜去偷東西。就像巴哈卡德艾弗倫一樣，就像安納克桑一樣。

現在我已經淪落到這種地步了嗎？亞倫暗自想道。一個盜墓者？毫無榮譽可言？

他差點要求阿邦調頭。但接著他想起了那座巨型神廟，還有戴爾沙羅姆已經快要無法填補其中的空缺，因為他們即將在戰場上死傷殆盡。一切都是因為有一群聖徒藏匿知識。北地的牧師也差不了多少，而亞倫向來會毫不遲疑地無視他們的規則。

只是謄本而已。他對自己說。不是偷竊，只是強迫他們分享。

這樣還是不對。父親在他腦中說道。

他們把車停在兩條街外的巷子裡，徒步走完剩下的路。街上空無一人。接近神廟時，阿邦把一塊鮮艷的布綁在矛頭上來回揮動。片刻之後，有人自二樓的一扇窗後揮動同樣的布。

「那裡，快點。」阿邦說，以瘸腿最快的速度蹣跚前進。「要是有人發現詹莫瑞離開房間……」他沒把話說完，但亞倫可以想像。

當他們背靠神廟外牆時，一段絲繩從那扇窗垂了下來。沿著繩子滑下來的男孩或許很瘦，不過動作卻如戰士般優雅。達馬都很擅長名爲沙魯沙克的克拉西亞徒手搏擊術。亞倫跟著戴爾沙羅姆中最高明的老師學過這種技巧，不過那只是戴爾沙羅姆眾多訓練之一，而達馬則在這上面投入所有時間。亞倫沒有親眼見過達馬出手——沒人會蠢到攻擊達馬——但他見過他們走動的姿勢，總是維持完美的平衡，察覺四周的一切。他毫不懷疑他們是殺人大師。

「我只有一點時間，舅舅。」男孩說著，把一只皮袋塞進阿邦手裡。「我想有人聽見我出來。我得在被發現前趕回去，不然他們就會進行拜多布點名。」

阿邦拿出一只沉甸甸的錢袋，但是男孩揚起雙手。「下次再說，」他說，「要是被人抓到，我可不希望有這袋錢在身上。」

「奈的黑心呀，」阿邦喃喃說道，「準備逃跑。」他對亞倫說，把皮袋交給亞倫。

「我會把錢送給你母親。」阿邦對詹莫瑞說。

「絕對不要！」男孩斷聲道。「那個女巫會偷錢。我晚點去找你拿，你最好把錢準備好！」

他轉身抓自己的繩子，不過還沒開始爬，上方的窗就閃出光芒，有人發現了繩子並大聲喧譁。

「跑！」阿邦低吼，撐著矛迅速跳走。亞倫跟了上去，當一名白袍達馬拿燈伸出窗外時，男孩也連忙跟上，並以快到亞倫聽不懂的速度咒罵克拉西亞髒話。

「你們！給我站住！」祭司叫道。越來越多神廟窗口亮起燈火，達馬完全不顧那條繩子，直接跳窗而下。他落在沙石街道上時著地一滾，在抵消墜勢的同時向他們滾去。他沒過多久就翻身而起，拔足狂奔。

「站住，面對艾弗倫的審判！」他叫道。

但他們三個都很清楚，所謂艾弗倫的審判就是當場受死，於是很明智地繼續逃跑，轉過轉角，暫時離開祭司的視線。

阿邦正拖慢他們，他氣喘吁吁地撐著矛跳躍，接著突然絆了一跤，跪倒在地，鬆手放開矛。他一臉驚慌地望向亞倫。

「別丟下我！」他哀求。

「別傻了。」亞倫說著抓起胖商人的手臂，扶他起身。

「帶阿邦回車上。」亞倫對詹莫瑞說。「我來纏住達馬。」

「不，讓我來，」詹莫瑞說，「我可以……」

「相信長輩，孩子。」亞倫說，沒想到父親的話會從自己的嘴巴冒出來。他抓住男孩的手臂，把他推向阿邦。男孩一副亞倫瘋了的模樣看著亞倫，但亞倫瞪著他，於是男孩點點頭，扛起阿邦手臂。

亞倫溜入陰影中，利用黑袍讓自己在黑夜中隱形，然後把皮袋掛在肩上。如果會被抓到，就讓他們抓到自己這人贓俱獲的模樣。

麻煩都是你自己惹出來的，他腦中的聲音說。

達馬奔過轉角，躲過亞倫的伏擊，並順勢矮身避過原本會踢中自己太陽神經叢的旋踢。達馬翻身而過，然後突然挺身，伸指刺中亞倫的手腕。

亞倫的手突然麻痺，長矛脫手而出，達馬則壓低身形，掃他下盤。亞倫向後摔倒，跌跌撞撞，最後再度彈起。達馬疾撲而上，宛如白袍死神。

兩人站穩腳步，展開一陣拳打腳踢。剛開始交手時，亞倫還以為自己有勝算，但他很快就發現達馬只是在評估他的實力。他突然轉身避開亞倫一腳，又轉回來狠狠擊中亞倫的喉嚨。

那感覺不像體內的空氣離體而去——那種情況亞倫已經遇上好多次了——反而像是空氣被困在體內，呼吸通道遭人截斷。他無法呼吸、站立不穩，達馬則翻身慢動作地踢中他的腹部，迫使他體內的空氣在一陣劇痛中竄出呼吸道，整個人飛身而起，背部著地。

亞倫聽見其他達馬從沙利克霍拉趕來的聲音，也看見他們手中搖曳的火光。他掙扎起身，達馬則冷靜地朝他走去。

「奈的僕人，你的同黨是誰？」達馬問。「告訴我那瘸子和男孩是誰，我就賞你個痛快。」

亞倫擺開攻擊架勢，達馬大笑。「你的沙魯沙克爛透了，笨蛋。你只會拖延受苦的時間。」

亞倫知道他說得沒錯，他的戰技比自己高超。但戰鬥並非單看技巧純熟度——戰鬥的重點在於不顧一切求勝。

他從地上抓起一把沙灑入達馬眼中，趁祭司摀臉大叫時狠狠踢中他的膝蓋。他聽見令人滿意的骨碎聲，接著達馬慘叫倒地。

亞倫掙扎起身追趕阿邦和男孩。他們已經上車了，亞倫跳上車去，阿邦立刻鞭打駱駝，駱駝發足狂奔。

半打祭司追趕在後，全都手提著油燈，以不可思議的優雅姿態與速度前進。

阿邦把那頭可憐的駱駝打得皮開肉綻，他們終於在駱駝的速度加快至沒人追得上後慢慢拉開距離。正當亞倫以爲有機會逃生時，拖車撞到地上一個大坑，當場撞爛了一個車輪。三人一起摔到地上，高大的駱駝不再奔跑，奮力喘氣。

「你們兩個去死吧。」詹莫瑞說。「我才不要爲了青恩和卡非特送命。」他跳起身奔向達馬。

「饒命，大師！」男孩叫道，在眾達馬面前下跪。「我只是人質！」

亞倫沒有費神看他。「上去！」他邊叫邊把阿邦推到駱駝背上，隨即拔出一把利刃，割斷駱駝和破車之間的鞍帶。駱駝一與拖車分開，他立刻踏上鐙，抓住鞍角，舉起刀刃拍擊駱駝屁股。駱駝大叫一聲，拔腿就跑，丟下在後頭大吼大叫的達馬。

「帶著這些書，天一亮立刻出發，帕爾青恩。」阿邦說。「離開克拉西亞，我會賄賂城門守衛，讓他們宣稱你一週前便已離開。」

「你怎麼辦？」亞倫問。

「只要你與證據離開了，我就不會有事。」阿邦說。「詹莫瑞會告訴他們沒辦法透過面巾看出我們的身分，而且沒了證據，只要賄賂對人，就可以避免很多問題。」

亞倫點頭，然後鞠躬。「謝謝你，我的朋友。」他說。「很抱歉為你帶來這麼多麻煩。」

阿邦拍他的肩膀。「我也很抱歉，帕爾青恩。我應該詳加警告前往巴哈卡德艾弗倫可能面臨的危險，就當我們扯平了吧。」他們握手，亞倫步入夜色中。

黎明時，亞倫回到自己的旅社，假裝剛從阿拉蓋沙拉克返回。沒人質疑這一點，而他在多數克拉西亞人離開地下城前就取回行李，離開克拉西亞堡。城門口的戴爾沙羅姆甚至在他離城時舉矛致敬。他一邊騎馬，一邊握緊那寶貴的地圖筒。他會先回來森堡進行補給，然後出發尋找安納克桑。

大市集中傳來一陣商家彼此間警告達馬逼近的斷斷聲。

阿邦迅速退回帳篷，透過帳帘的窄縫偷看，只見一群黑袍戴爾沙羅姆在前開路，護送一群怒氣沖沖的達馬和一名瘦小的年輕輔祭走來。阿邦的手指夾緊帳帘，看著他們穿街過市，停在他的大帳前。

阿密特一拐一拐迎了上去，殘廢的戴爾沙羅姆微微鞠躬。「你們終於來抓那個卡非特了？」他問其中一名戰士。「不管你們認爲他做了什麼，我敢保證他的罪狀絕對不只……」

話沒說完，戴爾沙羅姆已經一矛柄擊中他的臉。商人摔倒在地，嘴巴噴出鮮血和牙齒。他試圖起身，但是打他的戰士跳到他身後，以矛柄架住他的下巴，膝蓋頂在他背上，奮力一扯，強迫阿密特抬頭看著達馬和男孩。

「是他嗎？」領頭的達馬問男孩。

「是他。」詹莫瑞說。「他說如果我不聽話，就要殺了我媽。」

「什麼？」阿密特驚呼。「我從來沒見過你……」戰士再度拉扯長矛，他的話被一陣喉音取代。

「你認得這個嗎？」達馬舉起阿邦丟在街上的矛問道，矛上綁著向詹莫瑞打訊號的鮮艷橘布。

「你以爲我們很笨嗎？大家都知道你在那把破爛武器上綁女人用的橘色手帕，瘸子。」

「達馬，看這裡。」一名戰士邊叫邊從阿密特的畜欄中牽出一匹駱駝。「這駱駝身上有新的鞭痕，腳上還包著皮墊。」

阿密特雙眼圓睜，不過很難分辨是因爲難以置信，還是被脖子上的矛壓的。他只能使勁咳出：「不是我的……」

「告訴我們你的同夥是誰。」達馬大聲問。阿密特身後的戰士放鬆矛柄，讓他回話。

阿密特那種高高在上的語氣蕩然無存，今生與來世註定好的地位也立即消失。阿邦仔細聆聽，享受著他的敵人宣稱無辜、哀求饒命時可悲絕望的語氣。

「脫掉他的黑袍。」達馬下令，阿密特在眾戰士抓緊他的黑袍時放聲慘叫，接著被剝得一絲不掛，癱軟在街道上。戴爾沙羅姆抓住他的手臂，拉扯他頭髮，確保他與半跪在他身前的達馬四目相交。

「你現在是卡非特了，血統完全不值一提的阿密特。」達馬說。「在你僅存的苦難歲月裡，弄清楚這點，當你的靈魂離開這個世界時，將會永遠待在天堂之門外。」

「不！」阿密特叫道。「你說謊！」

達馬抬頭看向戰士。「他帳篷裡所有值錢的財物全數充公，」他說，「送到神廟去。喜歡的話就上他的女人，然後賣掉。把他兒子通通處死。」阿密特大吼大叫，試圖掙脫抓他手臂的人，直到一名戰士以矛柄擊中他的後腦，把他打昏為止。

達馬一臉嫌惡地低頭看著阿密特。「把這個髒東西拖去永悲之殿。」他對戴爾沙羅姆道。「讓達馬基慢慢剝掉他的皮，拆掉他的爛骨頭。」

阿邦放下帳帘，退回帳內，倒了一杯庫西酒。

片刻過後，帳帘撩起又放下。

「帕爾青恩差點踢斷卡維利達馬的膝蓋，」詹莫瑞說，「光用庫西酒打發不了他。」

阿邦點頭，早就料到了。「本該是你在我摔倒時出面拖延卡維利，不是帕爾青恩。」阿邦提醒。

詹莫瑞聳肩。「他搶先了一步。」他說。「也不肯聽我說。」

「以後別再出現這種情況。」阿邦說。「帕爾青恩對我很有價值，失去他會讓我很不高興。」

「你認為他會找到安納克桑嗎？」詹莫瑞問。

阿邦聳肩。「別傻了，孩子。」他說。「那些地圖在過去三千年間被反覆抄寫無數次，就算地圖能指引他正確的方向，那失落之城——如果真的存在——也早就深埋在沙漠之中。帕爾青恩是個心地善良的笨蛋，但終究還是個笨蛋。」

「他回來的時候會很生氣。」詹莫瑞說。

阿邦聳肩。「一開始，或許吧。」他開口。

「到時候你又會拿其他古老卷軸在他面前揮舞，然後他就會忘記這件事。」詹莫瑞猜道，直接拿阿邦的酒瓶喝酒，沒再費心找杯子。

阿邦微笑，把回沙利克霍拉後需要打點的所有賄賂全都交給男孩。他看著詹莫瑞離開，心裡感到很驕傲又很可惜。

如果這個男孩沒把生命浪費在擔任達馬上的話，本來可以成就一番事業的。

5

《魔印人》裡有很多被刪掉的片段。有些因為篇幅太長而刪減（就作者初次出版的作品來說，《魔印人》算超級長），有些則是爲了維持節奏，也有些是因爲偏離主題，會削弱整體氣氛的緣故。

然而，這些刪減的片段中有不少都是很不錯的小故事，很高興Subterranean Press給我機會，在這本短篇集裡分享其中幾篇，並加上我的個人評論。我挑選這些片段的原因，在於它們本身都是完整的故事，不管是新讀者或系列粉絲都能好好欣賞。

刪除片段　亞倫

介紹

這段故事是一切的開端。一九九九年，我上一門奇幻寫作課，其中一份作業就是要「撰寫一部原創奇幻小說的開場」。我寫的就是一個名叫亞倫的男孩從來不能在白天時離家太遠，因爲他得在晚上惡魔現身前趕回家的故事。

老實說，我一個晚上就寫完了，而得到成績後（當然是A），就把它丟到抽屜裡擺了好多年。當時我在寫另一本書，不過亞倫一直沒有離開我的腦海，每隔一段時間，我就會寫點關於他的世界的註記。整個《魔印人》系列都是從這一千六百字的短篇故事發展出來的。

刪除的原因

這段開場是我和我的編輯最大的意見分歧點之一。她強烈認爲序章是種過時的產物，而這篇開場與書裡其他內容風格截然不同。她也認爲這篇開場的內容其實可以改放在故事的其他地方。我非常不認同，深信這段開場完美引出故事的氣氛和背景，並且點出對整個故事舉足輕重的小亞倫的個性。

我們針對這個主題……激辯了好幾次。我非常敬重我的編輯，努力從她的角度看待這件事。我花了好一段時間才抽離自己對這場戲的情感因素，進而客觀審視此事。當我終於成功地這麼做後，我發現她說得沒錯，於是刪掉了這個片段。我認爲就整體而言，少了它對故事比較好，雖然就個人而言，我還是非常喜愛這個開場。我非常高興看到它終於付印成書。

故事片段

亞倫小時候會在外面玩到黃昏最後一刻才聽媽媽的話回家。世界上最難受的事，就是每晚被鎖在家裡，而他打定主意白天絕不要待在室內，浪費任何陽光。

他會在天還沒亮時就起床，於公雞啼叫前跨越自家農舍的門檻，趕上第一道陽光灑落山丘，照亮暗紅的天空，驅趕陰影，迎接另一個白晝。母親要他在日出後數到一百再出門，但他從不理會。

許多冒險正等待著他，不過亞倫會優先處理家務。他會拿起放在門邊、鋪了層布、用柳條編織而成的木籃，跑去雞舍，不顧母雞抗議，如同吟遊詩人耍彩球般，靈巧地收集雞蛋。

迅速返回屋內後，他會把蛋留給母親，隨即再度出門。在父親換上工作服、母親換下夜袍前，亞倫已經坐上母牛底下的板凳。他放下擠好的牛奶，趁父親吃早飯時迅速做好其他日常工作。井棚、醃製屋、燻製房、倉庫，他飛快造訪每一處，彷彿路過農場的一陣清風。

晨間俗務給他一種安心的感覺，讓他重新與大地產生連結——每晚當母親鎖上房門、父親檢查窗戶上的魔印時，就會被切斷的連結。

他放出畜棚裡的牲口，把豬帶往白天的畜欄，揮鞭趕綿羊去牧地。他餵食豬和馬，沒怎麼去管綿羊。就算沒有狗管理牠們，牠們還是不會離開魔印樁的範圍，因爲在那之外的草地焦痕遍布、死氣沉沉。

他還有其他工作——其他不那麼常做，也不會讓他安心的工作。偶爾會發生某牲口黃昏時沒出現在該在的地方、晚上就失蹤了的事。次日早上，他就會找出牲口殘破不堪的屍體，拖到茅房後埋起來。

這些工作亞倫做過上千次了，由於十分熟練，他往往能在上午過了一半前就把所有工作做完。這時父親已經到田裡檢視魔印樁，而他就會回到家吃熟悉的早餐——母親幫他保溫的燕麥、蛋，還有培根。他會狼吞虎嚥吃完早餐。喝一口牛奶幫助吞嚥，然後跳下餐桌。

母親會抓住他，每天都會。屋裡總有工作要做，他最討厭的工作。但他不能違背母親的命令，抱怨也沒用，木柴不會自己補滿柴火箱；掃帚不會自己掃地；新的炭棒不會自己放到魔印工具裡。「紗線不會自己變出來。」她會對他說。

到了正午，他就自由了。在父親從田裡回來，交代更多工作之前，亞倫會拿塊麵包和乳酪，跑出去吃他的午餐。就與早餐一樣，他根本食不知味。食物只是營養來源，沒有其他意義。

*我今天能跑多遠呢？*他會邊吃午餐邊問自己。還要將近八小時才會天黑，他可以朝任何方向走上四小時。太陽的位置會告訴他什麼時候該折返。

這是很危險的遊戲，是提貝溪鎮其他小孩都不敢玩的遊戲。這是亞倫和他們之間一千個不同處之一。其他人全滿足於鎮上生活，從不在乎山丘另一頭有些什麼。這種生活方式很安全，父親說是聰明的生活方式，但亞倫的想法不太一樣。提貝溪鎮的居民全都安於聽信其他人的說法，聽他人轉述沿著路走、穿越樹林，或渡過南方的小河後是什麼景象……如果那裡真的有河，亞倫寧願親眼見證。

如果能有一整天，我可以跑多遠呢？他常常想。如果早上不用工作，可以跑多遠？如果不用半途折返，可以跑多遠？我可以在它們出現前找到安全的地方嗎？這個想法令他既興奮又恐懼。無法返回的臨界點後究竟有些什麼？

或許今天我會繼續跑下去。

但他的決心總隨著太陽越過天際而削弱，每當該折返時，他的腳就不受控制地踏上回家的方向。他在房子映入眼簾時放慢腳步，不顧父母的叫喚，不顧他們聲音中的恐懼。這是他每天感到最生氣勃勃的時刻。他看著太陽下沉，被腳下轉動的世界所遮蔽。黑影開始拉長。他一直等到最後一刻才以最快的速度衝回家，微帶恐懼的興奮感襲上全身，令他心跳加速、雙手顫抖。那短短幾秒內連空氣都變得更香甜，各種感覺盈滿他體內。世界上最美麗的景象，就是黃昏時的紅橘色彩，最刺激的聲音，就是父母的警告聲。他衝過門檻，小心不去動到魔印，然後轉身看著地心魔物現身。

當最後一道溫暖的光線消失在地平線下，暖意離開地表、融入空氣中時，火惡魔自地心魔域浮出地表，開始跳舞。

父母很快就把他扯進屋內，關上沉重的大門，並鎖上門栓（好像那玩意兒可以抵擋惡魔一樣）。

接著亞倫的父親會再度檢查窗緣和門檻上的魔印，確保它們沒被抹除或刮花。他告訴亞倫只要檢查三次就夠了，但他總是按捺不住檢查第四次。

亞倫總會挨罵，有時候父親還會用皮帶抽他。但他的父母都很清楚，沒有任何懲罰能阻止他四下遊蕩。

懲罰之後就是晚餐。晚餐過後，當母親開始織毛線、父親刻魔印樁時，亞倫就會坐在窗旁看著地心魔物跳舞。它們動作優雅，甚至堪稱美麗。有時候，他會瞄到風惡魔的身影，被它們會噴火的表親眼中和嘴裡的火光照亮它們皮翼展開的陰暗輪廓。

石惡魔就沒那麼美麗了，幸好也沒那麼常見。它們高大強壯的軀體包覆在能夠令最堅硬矛頭斷折的硬殼下。石惡魔不會跳舞，它們會在院子裡緩緩走動，一面露出排排利齒，搜尋獵物。

亞倫從未見過水惡魔，但他聽吟遊詩人的故事提過。它們可以扯爛船板，將不幸的漁夫拖入水中。想到這種黑暗恐怖的怪物在鎮上的湖裡游來游去，就讓亞倫渾身發抖。這個畫面令他恐懼，但他還是很想跑出去一睹水惡魔的眞面目。

有些夜裡，惡魔會攻擊魔印。它們會撞門窗，然後被耀眼的魔光反彈回去。由於已經司空見慣了，亞倫的父母並不怎麼怕。

「它們明明闖不進來，爲什麼還要繼續攻擊？」亞倫曾問過父親。

「它們在找魔印網的弱點。」父親一邊回答，一邊走到最近的窗前。「所有魔印網都有弱點，每個都有。地心魔物沒有聰明到會研究魔印、想出弱點，不過可以藉著攻擊魔印網來找尋缺口。你絕不會看到地心魔物在一個晚上攻擊同個位置兩次以上。」他輕拍腦側。「它們記得，而且知道就連最強大的魔印也會隨著時間而減弱威力。」

黑夜會隨著地心魔物測試魔印一再閃耀魔光，魔法如同小閃電般，在惡魔試圖打塌井柵、搶奪醃製屋裡的肉時短暫照亮院子。

它們也會攻擊畜棚，不過那裡的魔印也一樣強大。亞倫聽見牲口恐懼的叫聲。動物始終無法習慣惡魔，牠們本能地知道萬一地心魔物闖入會發生什麼事。

亞倫也知道。七歲那年，他眼睜睜看著惡魔撕裂他們家一隻牧羊犬，把牠的內臟撒滿院子。地心魔物非常享受殺戮的快感。

據說曾經有段時間，惡魔沒有如此膽大妄爲。當時世人尚未遺忘最偉大的魔印，惡魔懼怕人類的力量，一直躲在地心魔域裡。但是那個年代——如果眞的存在——早在當今世上最年長之人的曾曾曾祖父在世時就已經被人遺忘。現在，那些魔印只存在於吟遊詩人的故事裡。

眼看這些怪物再度奪走他的世界一晚，亞倫幻想著找回那些魔印。他幻想著造訪提貝溪鎮以外的地方，下定決心總有一天要離開家鄉——就算那表示得在室外過夜也一樣。與惡魔一起過夜。

刪除片段　布莉安娜家暴

介紹

這段故事無疑是我最喜愛的刪除片段，是慘遭我拋棄的可憐孩子。故事發生在《魔印人》第十三章〈抉擇〉裡，加爾德與馬力克在伐木窪地市集衝突過後。這場戲的目的，是要強迫黎莎面對布莉安娜。她原先是黎莎最好的朋友，直到黎莎的故事第一部分結尾事件摧毀了兩人的友誼為止。這場戲同時也是要展示黎莎在接受布魯娜的藥草師訓練後變得多有自信、能力有多強。

刪除的原因

刪除這場戲完全是我的責任，沒有編輯、經紀人或試讀讀者提議刪除。我得減少整本書的字數，不管我多喜歡這場戲，它都足足超過三千字，而且可以被我刪得乾淨俐落。除了我，不會有人想念這場戲。大家都看得出來，黎莎已經成長到繼續待在伐木窪地會限制她的發展了，而這場戲裡也沒有任何會影響到故事其他部分的內容。

我不後悔做這個決定。最終版的《魔印人》簡潔有力，每一場戲都有助於劇情推展。這場戲沒有，它只是一段小插曲。刪除它還有助於平衡黎莎和羅傑的出場時間，本來我希望他們戲分相當，不過當時（現在還是）黎莎的戲分偏重。

儘管如此，我還是很喜歡這段小插曲，很高興終於有機會和可能會喜歡它的讀者分享這個故事。

故事片段

「我需要妳幫忙。」麥莉說。

「妳不舒服？」黎莎語氣擔憂，手背貼上麥莉前額，但麥莉搖頭退開。「不，不是我。」她說。

「是妳的孩子？」黎莎問，目光立刻開始在那些孩子身上搜尋不舒服的徵兆。「還是班恩？」

麥莉再度搖頭。「是布莉安娜。」她說，「她肚子痛好一陣子了。她不想讓人發現，不過我看到她在忍痛，一定出事了。我想，由我出面找妳，妳會比較願意幫忙。」

「爲什麼找我？」黎莎問。「妲西才是她的藥草師。」

「妳也說過，妲西開藥常用猜的。」麥莉說。「她去年冬天還害道格和梅倫的孩子胎死腹中。」

「我可沒說是妲西的錯。」黎莎指出這一點。

「妳不用說。」麥莉說。「現在起碼半數鎭民會在她路過時指指點點。布莉安娜只是不好意思來找妳幫忙。」

「就算她來找我，」黎莎問。「我又幹嘛幫她？」

「因爲她生病了，而妳是藥草師。」麥莉回答。

「她足足說了我七年壞話。」黎莎怒道。「別忘了她竭盡所能要摧毀我的人生。」她轉過身去，但是又心生罪惡。藥草師已發過誓要幫助所有需要幫助的人。

「她曾爲妳哭泣，」麥莉對她的背影說。「我們都曾爲妳哭泣。」

黎莎回頭。「什麼意思？」她問。

「那天早上，妳媽跑到鎮上說妳沒趕在天黑前回家，」麥莉說。「她叫全鎮的人出去找妳，或……」她偏過頭去，「妳的屍體。」

「我們都認定妳死了。」麥莉等候片刻，發現黎莎沒有反應便繼續說。「布莉安娜說都是她的錯，然後就開始哭。我們告訴她事情不是那樣，但是她傷心欲絕。」她摸摸黎莎的肩膀。「她知道自己傷害了妳，黎莎。」

「我沒聽過她懺悔。」黎莎說。「事實上，那之後她還變本加厲，別以爲我沒聽說。」

「她想道歉。」麥莉說。「賽拉也是。」

「但只有妳眞的來向我道歉。」黎莎說。

「言語中傷很容易。」麥莉說，順著黎莎剛剛講過的話。「但要用言語療傷很困難，別忘了一開始是妳傷害了她。」

黎莎感覺像被人甩了一巴掌。萬一布莉安娜眞的生病了，需要她幫助呢？她會拒絕布莉安娜嗎？

拒絕布莉安娜的孩子？布魯娜可曾拒絕過任何病人？

「妳說得對。」她對麥莉說。「我當然會幫她。」

「還有一件事。」麥莉說。

黎莎抬頭。

「她懷孕了。」

麥莉讓小孩自己跑回家，然後走向鎮民在布莉安娜和艾文結婚時幫他倆蓋的小屋。

「她知道多久了？」黎莎問，因爲怕是布莉安娜肚裡的孩子在作怪，黎莎的腳步快到麥莉要小跑步才跟得上。

「她是幾週前肚子痛時發現的。」麥莉說。「現在可能兩個月了。她一直到這週才告訴艾文。」

「她第一次懷孕時有任何併發症嗎？」黎莎問。

「除了被迫嫁給艾文？」麥莉問。黎莎皺眉看她。

「我知道不好笑。」麥莉說。「生加倫時很輕鬆。老實說，生養加倫最輕鬆的部分就是生他。」

「因爲艾文不想要他。」黎莎說。

「那還是含蓄的說法。」麥莉同意。「他們兩個都沒想到會有孩子。布莉安娜以前會固定去找布魯娜要龐姆茶，但是因爲妳在那裡……她說自己拉不下臉。」

「她是最早求助妲西的人之一。」黎莎說。

「但是妲西不煮龐姆茶。」麥莉說。「她說那是罪，還會向牧師告密有哪些人婦喝過茶。牧師用『生育是我們的職責』爲題，開了一場大布道會。」

「我記得。」黎莎說。米歇爾牧師向來反對婦女飲用龐姆茶，不過他也一直小心不說布魯娜壞話，以免鎮民覺得他個人過度執著於自己的職責。

「好吧，那倒解釋了妲西爲何老忙著接生。」黎莎說。「會去找她的人都很容易有這種需求。」

「這樣也好。」麥莉說。「伐木窪地的人口太少了。」

「好是好，只要她不要繼續造成死胎就好了。」黎莎說。

「布莉安娜有時候會把這種情況怪到妳頭上。」麥莉脫口而出。

「我？」黎莎問。「我做了什麼？」

「妳讓她拉不下臉去要龐姆茶喝，」麥莉說，「逼著艾文違背本意娶了她，讓她在那之後每一天都過得很不開心。」

「這可不公平。」黎莎說。「當年我會公然受辱都是因爲她。」

「是因爲加爾德。」麥莉糾正。

「布莉安娜會懷孕可是因爲艾文，不是我！」黎莎反擊。

麥莉點頭。「或許妳們該停止拿對方出氣了。」她說。

黎莎沉默良久。「她停我就停。」她終於同意道。

「總要有人起頭。」麥莉說。

黎莎突然停步。「布莉安娜不知道我要去。」她說。眼看麥莉沒答腔，她微笑。「原來妳最近喜歡當和事佬？」她指控。

「當媽媽就會這樣。」麥莉笑著承認。

麥莉深吸口氣，敲了敲門。門內有點聲音，但是沒人應門。麥莉又敲門。

「是誰？」艾文吼道。

「麥莉！」麥莉大叫。

裡面有吼叫聲。「妳自己去開！」她們聽見艾文吼道。

「自己進來！」布莉安娜叫。「門沒栓。」

麥莉打開門，裡面是間髒兮兮的小屋。兩條狼狗在客廳裡亂跑，家具大都有咬痕。艾文穿著沾滿泥巴的鞋坐在餐桌旁削木頭，身邊的地板上掉滿木屑。布莉安娜背對著門，在火爐旁充當廚房的料理台前切菜。六歲大的加倫頂著頭亂髮，一手抓著她的裙襬，另一手插在鼻孔裡搜尋頑強的獵物。

「抱歉要妳自己開門，麥莉。」布莉安娜頭也不回地說。「造物主不讓艾文丟下那根沒用的棍子去幫妳開門。」

「或許三不五時走到門口能讓妳瘦個幾磅。」艾文喃喃說道。「妳到底來幹嘛？」他問，抬起頭來，看見黎莎。

「好呀、好呀，」他說，一邊欣賞黎莎，一邊站起來，拍落身上的木屑。「歡迎光臨寒舍。」

布莉安娜轉身看到丈夫色迷迷的模樣。發現黎莎後，她臉色一沉。

「她來這裡做什麼？」布莉安娜怒道，舉著菜刀就走過來。

「我想她能幫妳解決疼痛的問題。」麥莉說。

「我沒找她幫忙。」布莉安娜吼道。「沒事，我很好。」

「我一看就知道妳不好。」黎莎說。「妳臉色不對，呼吸節奏不穩，走路時還會咬牙。」

「她說她沒事。」艾文說。

「拜託，」麥莉說，「讓她看一看。就算不爲了妳自己，也要爲了孩子著想。」

「孩子沒事。」艾文說。

「出去。」布莉安娜說。

「布莉安娜……」黎莎開口。

「妳聾了嗎？」艾文問。「她說……」

「不，」布莉安娜插嘴道，「你。出去。」

「這裡是我家！」艾文氣急敗壞地向她們衝去，但黎莎一手插入圍裙口袋，他注意到這個動作，當即停步。

「出去！」布莉安娜大叫，朝他丟出菜刀。艾文矮身避過，滿臉憤怒，再看了黎莎放在口袋裡的手一眼便往門口走。加倫哭了起來。

「帶那些可惡的狗一起出去！」布莉安娜吼道。「我受夠了幫牠們清大便！」艾文嘖了一聲，兩隻狗都跟著他出門。

他一離開，布莉安娜就像洩了氣一樣。她蹲在加倫面前，臉上露出痛苦的表情。她捏起圍裙一角幫他擦眼淚。

「好了，好了，寶貝。」她說。「沒事了，去和你的木頭玩。」她抱抱他，男孩便跑到屋內角落去玩，那裡有間用小木棒疊成的小木屋。

布莉安娜起身，再度面露痛苦。她臉色蒼白。「我想，妳看到我這個樣子一定很開心。」她對黎莎說。「又胖又可悲，而妳走在鎮上時可以一邊對著肩上的小鳥唱歌，一邊吸引所有男人的目光。」

黎莎壓下反唇相譏的衝動。「看到別人受苦絕不會讓我開心。」她說。「坐下來，讓我看看。」

布莉安娜沒有抗拒，坐下時臉上又露出很痛的表情。黎莎檢查她的眼睛和嘴巴，摸她額頭看是否發燒，然後又量了手腕的脈搏。

「我碰到什麼地方會痛妳就說。」她說，布莉安娜點頭。黎莎開始用手指輕壓，過程中一直盯著布莉安娜的雙眼。她對布莉安娜的病因已經有個底了。

「啊！」布莉安娜在黎莎壓她肋骨時大叫。

「把上衣脫下來。」黎莎說。

「眞的有必要這樣嗎？」布莉安娜問。

「我們還是朋友的時候，妳一點也不介意脫光衣服。」黎莎說。

「我當年年輕貌美。」布莉安娜回嘴。

「快脫。」黎莎命令。「麥莉，幫忙。」

布莉安娜沒有抵抗，她們兩個把她的上衣拉到頭上。麥莉驚呼一聲，看著布莉安娜手臂和背上的黃色瘀青，以及肋骨上拳頭大小的黑色瘀青。

「和我想的一樣。」黎莎說。「妳斷了兩根肋骨。妳很幸運，肺沒被刺穿。」

「妳能治好嗎？」布莉安娜問。

黎莎搖頭。「肋骨沒什麼可以處理的，只能等它們自行癒合。我可以包紮一下，讓它們正確接合，也防止骨折處在妳移動的時候互相摩擦，但妳有段時間不能亂動，最好一直待在床上。」

「一段時間？」布莉安娜問。

「幾個禮拜。」黎莎說，她看到布莉安娜的表情有點爲難。「別討價還價。」她大聲道。「我們會派人過來照顧加倫、打理家務。情況沒更糟已經算妳走運了。」

「造物主呀！」麥莉說。「布莉安娜，到底怎麼回事？」

「艾文在畫屋頂上的魔印，我拿漆桶站在木柴堆上。」布莉安娜說。「我滑倒了，半數木柴滾到我身上。」

「黑夜呀！」麥莉驚呼。「妳爲什麼不說呢？」

「我以爲我沒事。」布莉安娜說。

「好了，這裡有我就行了，麥莉。」黎莎說。「妳何不先回家，免得妳家小鬼惹出麻煩？」

麥莉看了布莉安娜一眼，見她點頭同意後就離開了。

「惡魔屎。」黎莎等到剩下她們兩人後說道。「那個惡魔養的打妳，別以爲我會蠢到相信妳從屁股裡拿出來的其他潭普草故事。」

布莉安娜震驚地望著她。「布魯娜教妳罵髒話？」她忍痛笑道。「我認識的那個規規矩矩的黎莎根本不懂這些話是什麼意思。」

「也別想改變話題。」黎莎說。

布莉安娜一臉恐懼。「妳想怎麼做？」

「先從包紮肋骨開始。」黎莎說，從籃子拿出一綑白布，從布莉安娜乳房下方纏起她的上腹部。

「啊！黑夜呀！好痛！」布莉安娜驚呼道。

「我敢說不能與肋骨斷掉時的痛相提並論。」黎莎說。「布莉安娜，妳得說出來。不能繼續這樣下去。」

「他只打過我一次。」布莉安娜說。

黎莎哼了一聲。「這話就和木柴堆的故事一樣是鬼扯。」她說。「會打孕婦的男人絕對不是第一次打女人。妲西知道嗎？」

布莉安娜搖頭。「沒人知道，之前沒被打到需要藥草師的程度。」

「我們要趕在妳需要牧師和挖墳工人之前阻止這件事。」黎莎說。

「妳要我怎麼做？」布莉安娜問。「告訴我爸？他和我哥會殺了艾文，會真的殺了他，然後當晚就被鎮民趕出鎮上。加倫會失去生命中所有男人，到時候我該怎麼辦？」

「那就告訴史密特，」黎莎說，「交給鎮議會處理。」

布莉安娜搖頭。「我爸還是會發現的。」她說。「結果還是一樣。」

「那又怎樣？」黎莎問。「妳要讓他繼續打到對妳或肚裡的孩子造成永久傷害？還是對加倫？」

「他不會再犯了，黎莎。」布莉安娜說著捏捏她的手。「他保證。妳也要保證不告訴別人。」

「布莉安娜……」黎莎開口。

「請妳保證！」布莉安娜打斷。「記住妳的藥草師誓言。」

黎莎瞇起雙眼，明白自己無計可施。她想起伊羅娜用皮帶抽自己時的畫面，還有自己羞於啓齒而忍受下來的感覺。「我保證。」她終於咬牙說道。

她包紮好布莉安娜的肋骨，然後挑出一把草根給她。「痛的時候就嚼這個。」她說。「一天只能嚼一次，不能多嚼，不然胎兒，」她戳戳布莉安娜的肚子。「會讓妳後悔的。」

「胎兒不會有事吧？」布莉安娜語帶哭音。

「這次不會。」黎莎說。「但是如果他再動手，誰知道？」

「不會的，我保證。」布莉安娜說。

「我認為那由不得妳。」黎莎說。

黎莎離開時，艾文在院子裡。他盯著她的身材看，不過也有點緊張。黎莎一時衝動地朝他走去，並刻意扭擺腰身，凸顯自己渾圓的臀部。

「她不會有事。」黎莎說。「從木柴堆摔下來摔斷了兩根肋骨，不過只要充分休息就會痊癒。」

「木……木柴堆，」艾文一開始吞吞吐吐，弄清楚怎麼回事後隨即恢復自信。「對，那跤摔得很重。我叫她去找藥草師，但妳知道布莉安娜的脾氣。」

黎莎露出燦爛的笑容。「我確實知道。」她說。

艾文以笑容回應。「妳最近越來越漂亮了，黎莎。」他輕聲道。

黎莎看了看四周。確定附近沒人後，她迎上前去，踮起腳尖，嘴唇幾乎碰到他的耳朵。「去房子側邊，」她小聲說，「我給你看樣東西。」

艾文笑得合不攏嘴，抓起她的手，幾乎是拖著她走。

到了僻靜無人處，他立刻撲到她身上，使勁親她，同時抓她的乳房。他一直到脖子上挨了一針才注意到她手裡的針。

「什麼！」艾文驚叫著把她推開，摀住被針刺到的地方，腳步已經搖晃起來。

「毒藥發作得很快。」黎莎說著拉直自己的上衣。

「毒……」艾文才開口，雙腳突然癱軟，整個人摔在地上，腹部開始抽痛。

「感覺到了嗎？」黎莎問，在他痙攣的情況越來越嚴重時蹲下身去。「討厭的抽筋和劇痛？不管你如何想讓手腳移動，它們都只會一直抽搐？」

「別擔心、別擔心。」她邊說邊拍他的背。「毒藥很快就會離開你的肌肉。」她彎下腰去，撫弄他的頭髮，然後低語道：「接下來會進入你的內臟。」

艾文對著地面哀號。

「我答應布莉安娜不會聲張此事，」她說。「藥草師都立了誓，得幫病人保守祕密，而我不會違背誓言，但那並不代表我不能動你。」

她扯緊他的頭髮，強迫他轉頭看她。「看著我。」她命令道。他無力地試圖偏頭，但她抓得很緊，用另一手提起他的下巴，讓他直視她的雙眼。

「明天在茅房裡慘叫的時候，」她說，「你給我好好想想。下次我再因爲你的緣故來治療布莉安娜或孩子的話，你今天所受的痛苦就會變得微不足道。我會讓你的骨頭慘叫，還會讓你那根可悲的小屌縮成葡萄那麼小。我會讓你不到三十歲就要拄著拐杖才能走路。」

艾文看著她，雙眼充滿恐懼。他開始口吐白沫，淚水順著臉頰流下。

她放開手，站起身來。他的頭摔回土裡，以詭異的角度搖晃。

「你好好想想。」她再說一次。轉身之後，她發現自己面對著布莉安娜。

黎莎僵在原地，布莉安娜低頭看向在地上抽搐的丈夫，然後又看回黎莎。她們目光交會了一段近乎永恆的時間。最後，布莉安娜點點頭。黎莎也點頭回應，布莉安娜便轉身走回小屋。

「布莉安娜懷孕至少七週了。」黎莎說。「她上週告訴艾文，沒過多久，他就打她。胎兒沒事，不過我處理了兩根斷掉的肋骨，還有一些瘀傷。」

布魯娜點頭，好像黎莎說的是外面看起來快要下雨了。「我猜她哀求妳別說出去？」她說。

「妳怎麼知道？」黎莎問。布魯娜揚眉看她，不過沒回答。

「妳如何處置？」老太婆問。

「我用浸了滑蛇毒液的針刺他，然後告訴他下次就不會再手下留情。」黎莎說。

布魯娜拍膝蓋大笑。「我親自出馬也不過如此！」她大叫。「那小子不會再碰她了，我敢說他下次看到妳時會尿濕褲子！」

「我就是想要這種效果。」黎莎說著有點臉紅。

「日後我可以放心把自己的孩子交到妳手上了。」布魯娜說。

「希望那天不要太快到來。」黎莎回道。

「至少暫時不會。」布魯娜同意，不過語氣有點哀傷。

信使的遺產　324-333 AR

獻給閱讀過所有版本的麥克和喬書亞。

作者的話

一如其他《魔印人》系列的短篇小說《大市集》和《布來楊黃金鎮》，這個故事是從主線劇情衍生而出，原只是小樹枝，不過種下之後便向下紮根，自行開花結果。

第一章〈炙烈燃燒〉本來是系列第三集《白晝戰爭》的開場。然而我很快就發現，想要完整描寫布萊爾的故事需要過多篇幅，而這個系列已經從太多不同角色的觀點來描述劇情了。我刪掉了那個章節，不過一直知道自己會在時機成熟時回頭寫完它。

一段時間後，那章節以《泥巴男孩》爲名，收錄在蕭恩·史匹克曼所編的慈善文選《解脫》中出版。那篇故事依然只是一小段布萊爾的故事而已，我很感激Subterranean Press讓我終於有機會發表完整的故事。

布萊爾將會在明年的《魔印人》系列第四集《頭骨王座》中登場。

彼得·V·布雷特　二〇一四年七月

www.peterbrett.com

第一章　炙烈燃燒　324AR　夏

一陣鏗鏘聲響驚醒了布萊爾。

他的母親拿金屬勺敲打粥鍋，在屋內掀起陣陣回音。「下床，大懶蟲！」她叫道。「第一聲號角已經響很久了，早餐正熱著！太陽出來前還沒吃完的人，午餐前就只能餓肚子了。」

一顆枕頭打在布萊爾頭上。「打開窗葉，布萊爾佩契【譯註】。」哈戴嘟噥道。

「爲什麼每次都是我？」布萊爾問。

另一顆枕頭從反方向打中布萊爾的頭。「因爲如果外面有惡魔，哈戴和我就可以趁它吃你的時候逃跑。」哈爾說。「快去開！」

雙胞胎總是聯手欺負他……倒不是說聯不聯手有什麼差別。他們都十二歲，在他面前，他們的身材就像木惡魔一樣高大。

布萊爾滾下床，一邊揉眼睛，一邊在黑暗中摸索著走到窗邊，拉起窗葉。天空呈現紅紫色，剛好亮得讓布萊爾看出在院子裡遊蕩的惡魔輪廓。他媽叫它們地心魔物，但他父親稱之爲阿拉蓋。

譯註：布萊爾（Briar），原文爲荊棘之意，哥哥姊姊拿他名字做文章，叫他布萊爾佩契（Briarpatch），荊棘叢之意。

趁著雙胞胎在床上伸懶腰，等待眼睛適應光線，布萊爾快步離開臥房，想要第一個搶到廁所。他差點就成功了，但他姊姊還是與往常一樣在最後關頭把他推開。

「女士優先，布萊爾佩契！」絲凱說。她今年十三歲，比雙胞胎更壯，但就連十歲的桑妮也能輕鬆擠開布萊爾。

他決定忍到早餐後再上廁所，於是第一個抵達餐桌。當天是第六天，是里蘭吃培根的日子，而每個小孩都能分到一塊。布萊爾聽著培根在平底鍋上滋滋作響，聞著那股肉香。母親一邊唱歌一邊打蛋。唐恩是個胖女人，兩條粗壯的手臂能同時對付五個小孩，或是一把將他們全部抱緊。她的頭髮用綠色手帕綁著。

唐恩抬頭看到布萊爾，面露微笑。「客廳有點冷，布萊爾。乖，去生火驅寒。」

布萊爾點頭，走向小屋的客廳，跪在壁爐前。他伸手到煙囪裡摸索控制煙道開關的金屬條，把金屬條轉到開啓的方向，然後開始生火。他聽見母親在廚房唱歌。

生火時該做什麼呢？
打開煙道，打開煙道！
然後撒上樹葉、草葉和木柴
堆上泥炭苔磚，兩兩交疊
吹拂微光，凝聚高溫

然後看著火焰，炙烈燃燒

布萊爾很快就生起火，但當他回到餐桌時，哥哥姊姊都已經上桌，不給他位子坐，還一個接著一個把番茄炒洋蔥和蛋挖到自己的盤裡。唐恩在桌上放了一籃熱騰騰的小麵包，然後開始切培根。布萊爾聞得肚子咕嚕咕嚕直響。他想擠上前拿小麵包，桑妮一掌拍開他的手。

「還沒輪到你，布萊爾佩契！」

「你要勇敢一點。」身後響起一個聲音，布萊爾轉頭看到父親。「我在沙拉吉的時候，膽小的孩子就會挨餓。」

他的父親——里蘭・阿蘇・里蘭・安達馬吉・安卡吉——曾經是個沙羅姆戰士，後來躲在信使的貨車後溜出沙漠之矛。現在他是收垃圾的，不過依然把矛和盾掛在牆上。他的孩子全都遺傳到他的外貌，皮膚黝黑，瘦得像鞭子。

「他們都比我高大。」布萊爾說。

里蘭點頭。「沒錯，但是體型和力量並非一切，我的兒子。」他望向前門。「太陽就要出來了，來和我一起看看。」

布萊爾遲疑。他的父親似乎總把心思放在哥哥身上，他很高興能夠得到父親的注意，但他記得剛剛在院子裡看到的惡魔。母親的叫聲令他們同時轉頭。

「我不准你帶他出去，里蘭！他才六歲！布萊爾，回到餐桌。」

布萊爾走向餐桌，但父親伸手搭他的肩，把他留在原地。「六歲的小孩已經會在應該待著不動時試圖逃跑，然後落入阿拉蓋的魔爪，親愛的，」里蘭說，「也可能在該跑的時候待著不動。老是護著小孩對他們沒好處的。」他領著布萊爾走到前廊，在唐恩有機會反對前關上屋門。

現在天空一片靛青，再過幾分鐘就日出了。里蘭點燃菸斗，前廊隨即被籠罩在那股熟悉的甜味中。布萊爾深吸一口菸味，覺得身處父親吐出的煙裡，比待在魔印中還要安全。

布萊爾讚歎地看著室外的景象。他很熟悉前廊，與他家其他地方一樣，擺滿了里蘭從鎮上垃圾場撿回來細心修復的家具。

但是在黎明前的微光中，一切看起來都與平常不同——既陰森又恐怖。此刻多數惡魔都爲了躲避陽光而逃回地心魔域，不過其中之一被前廊大門開啓和屋內的聲音與光亮吸引。它看見布萊爾和父親，於是朝他們直奔而來。

「待在魔印後。」里蘭警告，用菸斗指著木板上一排魔印。「就連最勇敢的戰士也不會輕易跨出魔印。」

木惡魔向他們嘶吼。布萊爾認出它——每晚都在那棵他愛爬的金木樹旁浮現的惡魔。惡魔瞪著里蘭，里蘭則冷冷回瞪。惡魔衝上前，舉起樹枝般的手臂攻擊魔印網。空中綻放出蛛網般的銀色魔光。布萊爾大聲尖叫，就要衝回屋內。

父親抓住他的手腕，用力拉扯，逼他停步。「逃跑會吸引它們注意。」他拉著布萊爾轉身回去，的確，惡魔的目光已經轉移到布萊爾身上。它低吼一聲，嘴角流下一滴宛如黃色樹汁的口水。

里蘭蹲下身去，摟住布萊爾的肩膀，看著他的眼睛。「你一輩子都要對阿拉蓋抱持敬意，我的兒子，但是永遠不要讓恐懼控制自己。」

他輕輕把男孩推向魔印。惡魔還在那裡，距離他們不到十呎。它對他吼叫，張開血盆大口，露出一排排琥珀色牙齒和棕色大舌頭。

布萊爾的腳開始發抖，他用力踏穩地面，試圖穩住雙腳。他覺得膀胱都快爆了。他咬緊嘴唇。如果他尿濕褲子回到屋內，哥哥姊姊肯定會一直拿這件事取笑他。

「呼吸，我的兒子。」里蘭說。「擁抱你的恐懼，相信魔印。學習魔印之道，遵循英內薇拉，你就不會死在阿拉蓋爪下。」

布萊爾知道該相信曾手持盾矛深入黑夜的父親，但這些話並未讓他肚子不再翻攪，更沒有解決撒尿的需求。他夾起雙腳，強忍尿意，希望父親沒注意到。他看向天際，天空仍是橘色的，尚未轉黃。他已經可以看到哥哥笑到在地板上滾來滾去，而姊姊則唱著：「尿褲子！尿褲子！布萊爾佩契尿褲子！」

「看好了，我教你一招誘餌兵的把戲。」里蘭說著要布萊爾後退。父親躡腳走到魔印前，直視木惡魔的雙眼，回應它的吼叫聲。

里蘭向左靠，惡魔模仿他的動作。他站直，然後又靠向右方，木惡魔還是照做。他開始緩緩左右搖擺，惡魔就像水中倒影般跟進；里蘭向左跨出一步，然後跨回原先的位置，接著又依樣向右跨一步。他往兩個方向都跨出兩步，然後是三步，每一次惡魔都跟著照做。

父親動作誇張地向左連跨四大步，然後停步，身體往右方傾斜。而接下來即使里蘭並沒有向右，僅繼續向左邊動作，惡魔仍本能地開始往右跨步。里蘭一路走到前廊最左邊，惡魔才發現不對勁，大叫一聲，朝他撲去。魔印再度發光，立刻震退惡魔。

里蘭轉身面對布萊爾，單膝跪地，凝視著男孩。

「阿拉蓋比你高大，我的兒子。也比你強壯。但是，」他用手指輕彈布萊爾的額頭，「它們不比你聰明。奈的僕人腦袋就和豆子一樣小，腦子動得很慢，容易上當。如果你在戶外被一頭惡魔盯上，擁抱你的恐懼，就像我剛剛那樣搖晃。當阿拉蓋踏錯方向時，走向——不要跑——走向最近的避難所。最聰明的惡魔都至少要踏到六步以上才會發現上當了。」

「到時候你就得跑了。」布萊爾猜測。

里蘭微笑，搖了搖頭。「然後你繼續走大約三次深呼吸的時間，惡魔起碼要這麼久的時間才會弄清楚狀況。」他拍了布萊爾的大腿一下，拍得男孩一臉痛苦，抓住胯下，努力憋尿。「然後你拔腿就跑，好像屋子著火一樣死命奔跑。」

布萊爾皺著臉點頭。

「三口氣。」里蘭又說一次。「現在就吸。」他吸了一口氣，指示布萊爾照做。他跟著將空氣吸滿肺部，然後與父親一起吐氣。里蘭又吸一口氣，布萊爾照做。

他知道這樣做是爲了讓自己冷靜，但大口吸氣似乎只讓壓力加劇。他很肯定父親看出來了，不過里蘭沒有反應。「你知道你媽和我爲什麼將你取名爲布萊爾？」

布萊爾搖頭，覺得自己的臉越來越熱。

「從前在克拉西亞有個男孩因爲體弱多病而遭父母拋棄。」里蘭說。「他跟不上他們賴以維生的牲口，於是他那個已經生了很多兒子的父親就把他趕出家門。」

布萊爾開始流淚。如果他嚇得尿褲子，父親會不會也把他趕出家門？

「有一群跟蹤他家牲口的夜狼懼怕他們家族的長矛，但當牠們聞到孤苦無依的男孩氣味，就轉而追蹤他。」里蘭繼續說。「結果男孩把夜狼引到一片荊棘叢裡，一頭夜狼跟著他進去，就被荊棘刺傷了。等到夜狼被困住、動彈不得，男孩拿起石頭敲牠的頭。當他身披狼皮回到父親身邊時，父親跪在地上，祈求艾弗倫原諒他懷疑自己兒子。」

里蘭再度輕捏布萊爾的肩膀。「你的哥哥姊姊或許會取笑你的名字，但你要以自己的名字爲傲。荊棘叢能在其他植物無法生存的環境下成長茁壯，就連阿拉蓋也尊重它們的刺。」

尿尿的需求並未消失，不過布萊爾覺得沒那麼急了，於是他站直身子，與父親一起看著逐漸明亮的天色。剩下的那頭惡魔化爲魔霧，在第一道陽光灑落之前沉入地底。里蘭摟著布萊爾，看著日出在湖面上閃閃發光。布萊爾緊靠父親，享受不用忍受哥哥姊姊的推擠與嘲弄、難得與父親獨處的時光。

眞希望我沒有任何哥哥姊姊，他心想。

就在此時，陽光照亮了他。

其他人都已經在清理餐盤，不過唐恩幫布萊爾和里蘭留了兩盤早餐。布萊爾與父親兩個人坐著用餐，感覺非常特別。

里蘭咬了第一口培根，閉上雙眼，享受每一下咀嚼的滋味。「達馬以前常告訴我，吃豬的人會在奈的深淵中焚燒，但是我對造物主的鬍子發誓，就算吃豬會有那種報應也很值得。」

布萊爾模仿他，吃了一口培根，閉上眼睛享受油脂和鹽的美味。

「布萊爾佩契爲什麼天亮後還能吃東西？」絲凱大聲問道。

「對呀！」雙胞胎立刻附和。他們只有在欺負布萊爾時才會和絲凱站在同一陣線。

里蘭臉上的笑容消失。「因爲他和我一起吃。」他的語氣明白表示，如果再有問題，他就會用鞭子回答。那條老皮鞭掛在牆上的斗篷旁，所有達馬吉家的小孩都很嚴肅地看待它。里蘭會用那條皮鞭鞭打不肯揹負重物的騾子，不過上次哈戴爲了想看貓會不會游泳而把貓丟到湖裡去時，他也想都不想就用鞭子抽他。他們全都記得兄弟的慘叫聲，深深恐懼著那條鞭子。

里蘭不再理會其他孩子，用叉子叉了第二片培根，放到布萊爾的盤子裡。

「男孩子去餵牲口，套上拖車。」唐恩打破僵局說道。「女孩子去泡衣服。」小孩子立刻鞠躬離開，留下布萊爾一人與父親吃飯。

「在克拉西亞，當男孩第一次面對阿拉蓋，那一天他都要用來禱告。」里蘭說，並且大笑。「不過我承認，我禱告的時候，一下子就覺得無聊了。儘管如此，仔細回想剛剛的經驗還是明智之舉。禱告結束後，你可以利用剩下的時間到外面走走。」

一整天可以爲所欲爲。布萊爾知道該說什麼，不過這些話似乎都不足以表達他的心情。「是，父親。謝謝您，父親。」

達馬吉一家人成排走向聖堂。里蘭走在最前面，後頭是唐恩。接下來是哈爾，因爲他比哈戴早十五分鐘出生。絲凱比他們兩個年長一歲，不過因爲是女孩，所以走在他們後面，接下來是桑妮。等到布萊爾九歲，他就會排到姊姊前面，但那還要好幾年。他總是走在最後一個，急急忙忙地跟上里蘭毫不拖泥帶水的步伐。

由於出門較晚，今天他們走得特別快。布萊爾從哥哥姊姊們的眼神中看出，他們一定會讓他付出代價，而且他今天還不用工作。

儘管晚出門，達馬吉一家人還是在多數鎮民剛起床開窗時路過鎮中廣場。聖堂裡幾乎空無一人。

「令人作嘔。」里蘭看著空蕩蕩的長凳說。幾個伯格頓的老人在裡面祈禱，與第七日比起來，這只能算是一小部分，就連第七日也不是所有伯格頓的人都會過來。

布萊爾在父親開口前就知道他想講什麼。里蘭喜歡在孩子面前抱怨這件事。

「艾弗倫的子民一週才祈禱一次根本是侮辱祂。」通常里蘭說起對造物主的侮辱時就會吐口水，不過在聖堂裡他不會這麼做。「在克拉西亞，達馬會讓所有沒來的人嚐嚐阿拉蓋尾的滋味。隔天早上神廟就會擠滿人了。」

阿利克．柏格，鎮中廣場的一個老頭，轉頭怒視他。「我們鄙視你，泥巴皮膚，你為什麼不回沙漠去？」

里蘭臉色一沉，肩膀聳起。他聲稱自己在克拉西亞並非高強的戰士，但是在伯格頓，所有人都怕他，而他也曾因為有人叫他「泥巴皮膚」而動手打人。自從馬森．貝爾斯和他三個兄弟在冬至慶典時叫他沙漠老鼠之後，鎮上再也沒人膽敢出言侮辱里蘭的血統。當那些男的全躺在地上大叫投降，里蘭甚至不必大口喘氣。

但他們身處聖堂，而對方又是個老人。榮譽要求里蘭得服從並尊敬阿利克。

里蘭閉上雙眼，擁抱怒氣。他放鬆肩膀，微微鞠躬。「你不鄙視我，阿利克．柏格。你在艾弗倫面前很謙遜，我每天清晨都看到你來聖堂向祂致敬。」

他說這些話的本意是要緩解僵局，但似乎有了反效果，因為阿利克用力敲擊拐杖，站起身來。

「我是在造物主面前謙遜，里蘭．達馬吉。」阿利克改變握拐杖的位置，揚起拐杖擋在兩人之間。「我唾棄你的艾弗倫。」

老人清了一下喉嚨的痰，里蘭終於受夠了。他瞬間拉近兩人間的距離，左手毫不費力就搶走了阿利克的拐杖，右手則像蜂鳥般迅速揮動，拂過老頭的喉嚨。

阿利克的痰卡在喉嚨裡，接著放聲咳嗽，向後跌開一步，然後扶住長凳。他似乎沒受傷，但又咳又喘得面紅耳赤。

「我不想和你作對，伯格頓柏格家族的阿利克之子阿利克。」里蘭說。「但我絕不會放任你在造物主聖堂裡吐痰。」

阿利克一副要撲上去的模樣，但里蘭揚起拐杖，讓他不敢輕舉妄動。

「這是怎麼回事？」布萊爾轉頭看見希斯牧師握緊棕袍前緣大步走來。希斯長相並不凶狠，有著圓嘟嘟的臉和圓肚子。鎮上的麥酒都是他釀的，比較常笑而不常皺眉，花在經營酒吧的時間與照顧信徒的時間差不多。

但是聖徒在克拉西亞人眼中的地位大不相同。里蘭身體一僵，立刻深深鞠躬。他輕嘶一聲，家人也馬上向牧師行禮。只要流露一絲不滿，他們就會挨上一頓鞭子，還有更嚴重的懲罰。

里蘭轉動拐杖，將杖柄那端伸給阿利克。老頭顯然想攻擊里蘭裸露在外的脖子，不過被牧師一瞪後就打消了念頭。

「只是場誤會，牧師。」里蘭說。「我正向阿利克之子解釋，不管祂叫不叫艾弗倫，我們信仰的都是同一個造物主。」

希斯肥肥的手臂交抱胸前。「就算是這樣，聖堂也是個和平與庇佑的場所，里蘭。我們不會用拐杖來解釋事情。」

里蘭順勢下跪，雙掌與額頭貼地做哀求貌。「牧師說得對。我道歉，甘願受罰。」

「對，懲罰他，牧師。」阿利克說，其他人全都轉過頭來看。「可惡的泥巴皮膚打我。」

希斯瞪著他。「別以爲我不知道是你那張臭嘴挑釁的，阿利克．柏格。再讓我聽到你說那個詞，或是想在聖堂裡吐痰，你和你家人在下次慶典時就沒有酒喝。」

阿利克臉色發白。唯一比造物主更受伯格頓鎮民喜愛的東西，就是希斯的麥酒。

希斯牧師一揮手。「現在所有人就坐。做禮拜的時間到了，我今天想好好講個道。」

「唐恩女士！」一聲喊叫在眾人排隊離開聖堂時打破了寂靜。布萊爾抬頭看見塔米．貝爾斯跑了過來。塔米只比布萊爾大一歲，自從塔米的父親馬森在冬至慶典上叫里蘭沙漠老鼠後，達馬吉家的小孩就被禁止和貝爾斯家的小孩一起玩。當時要不是有人拉開他們，里蘭早就把馬森的手打斷了。

塔米的衣服上沾有泥巴和鮮血。布萊爾一眼就能認出血跡，所有動物藥草師的小孩都認得出來。

唐恩迎上女孩，塔米癱在她懷中，氣喘吁吁。「女士……妳……妳要救救……」

「救誰？」唐恩問。「誰受傷了？可惡，女孩，出了什麼事？」

「地心魔物。」塔米喘道。

「造物主哇。」唐恩在空中比劃魔印。「這是誰的血？」她拉扯女孩裙襬上還沒乾的血跡。

「梅貝兒的。」塔米說。

唐恩皺起鼻頭。「那頭牛？」

塔米點頭。「她的頭卡住畜欄，擋住了一根魔印樁。田野惡魔抓傷了她的脖子。爸說她會染上惡魔感染，所以去拿斧頭了。拜託，請妳去一趟，不然他會殺了她。」

唐恩鬆了口氣，搖頭輕笑。塔米一副快要哭了的模樣。

「很抱歉，孩子。」唐恩說。「我不是看不起梅貝兒，我知道有時候牲口感覺就像家裡的一分子，妳剛剛讓我以為出事的是妳兄弟姊妹。我會盡力而為，妳先跑回去請妳爸慢點動手。」

她看向里蘭和其他人。「女孩子回家洗碗，男孩子去幫你爸拖車。布萊爾，我要煮安眠藥……」

「天花草和潭普草。」布萊爾點頭。

「劑量重一點。」唐恩說。「讓牛睡著的劑量要比人重多了，我們也需要豬根藥膏。」

布萊爾點頭。「我知道要拿什麼。」

「在馬森·貝爾斯的院子和我碰面。」唐恩說。「越快越好。」

布萊爾跑回家，像野兔般穿越藥草園，然後宛如輕風般竄入廚房，拿起唐恩的研缽和藥杵。哥哥姊姊們還沒到家，他已再度啟程。

他在唐恩和塔米抵達貝爾斯農場時趕上她們，在門外就聽見梅貝兒痛苦的叫聲。

馬森·貝爾斯出門迎接他們，手裡拿著一把斧頭。他瞇起雙眼看著布萊爾，吐出一口嘴裡的菸草。「謝謝妳趕來，藥草師。不過我想妳白跑一趟了，那頭牛撐不過去的。」

他帶路來到畜棚。小母牛躺在她畜欄裡的稻草地上，頸部鋪著一塊濕淋淋的血布。馬森·貝爾斯的拇指輕撫過斧緣。塔米和兄弟姊妹圍在牛身旁保護，不過萬一父親認定梅貝兒該死，他們之中沒有人壯得能夠阻止他。

唐恩撩起血布，檢視傷口，梅貝兒粗厚的脖子上有三道深深的爪痕。

馬森又吐了口菸草。「我本來打算賞她個痛快，然後賣給屠夫，但孩子們哀求我等妳趕來。」

「幸好你等了。」唐恩說。「傷勢不算很嚴重，只要我們能夠防止感染。」她轉向小朋友。「我需要更多布來當繃帶，還要幾桶清水和熱水壺。」小朋友們茫然地看著她，直到她拍手才嚇了一跳。「快去！」

孩子們跑走後，布萊爾擺開母親的工具，開始磨碎藥草，調配安眠藥和軟膏。讓母牛喝藥並不容易，不過梅貝兒沒多久就睡著了，唐恩清理傷口，抹了薄薄一層碎藥草在裡面，然後縫合。

塔米一臉驚恐地站在布萊爾身旁。布萊爾見過母親工作，知道母親的動作在塔米眼中看起來有多可怕。他牽起她的手，她轉頭看他，鼓起勇氣以笑容表達感激之情，捏捏他的手掌。

馬森也看著唐恩工作，不過他瞄向塔米時愣了愣，然後舉起斧頭指著布萊爾。「喂，把你的髒手拿開，你這隻小老鼠！」

布萊爾立刻抽回手掌。他的母親站起身來，一邊擦拭手上的血跡，一邊冷靜地走到他們中間。「用不到那把斧頭了，馬森，請不要拿它指向我兒子。」

馬森驚訝地看著那把武器，彷彿忘記自己仍拿著它。他嘟噥一聲，壓低斧頭，靠著圍欄放好。「我沒有什麼意思。」

唐恩噘起嘴唇。「二十貝幣。」

馬森倒抽一口涼氣。「二十貝幣？幫牛縫合傷口要這麼多錢？」

「縫合傷口十貝幣，」唐恩說，「另外十貝幣是我那個老鼠兒子調配安眠藥和豬根藥膏的錢。」

「我不付。」馬森說。「妳或妳那個泥巴皮膚丈夫都不能逼我付錢。」

「用不著里蘭出馬，」唐恩笑道，「雖然我們兩個都很清楚他能逼你付。我只要告訴瑪塔鎮長說你不付錢，明天之前梅貝兒就會在我家的院子裡吃草了。」

馬森瞪著她。「妳嫁給沙漠老鼠之後腦筋就有問題了，唐恩。鎮民都不去妳那裡看病了。現在能接到看顧動物的工作已經算妳好運，等大家聽說妳收我二十貝幣，妳就會連動物都沒得看。」

布萊爾很生氣。如果里蘭在這裡，他會因為馬森用如此無禮的態度和他媽說話而打斷馬森的鼻子。但是里蘭不在這裡，所以那就變成了布萊爾的責任。

他上下打量馬森·貝爾斯，回想里蘭給他哥哥上的沙魯沙克課程。馬森膝蓋不好，每當天氣潮濕就抱怨連連。只要看準部位踢上一腳……

唐恩頭也不回，以只有小男孩聽得見的音量喃喃說道。「別以為你媽不知道你在想什麼，布萊爾佩契。管好你的手和嘴巴。」

布萊爾臉色一紅，把手塞到口袋裡，唐恩則雙手抱胸，朝馬森上前一步。「你要叫我唐恩女士，馬森·貝爾斯，我現在要收二十五貝幣。嘴再不放乾淨點，我立刻就去找瑪塔。」

馬森開始低聲咒罵，不過還是氣沖沖地走進屋裡，拿了一只舊皮袋回來。他數著表面光滑的貝幣，放進唐恩手裡。「十五……十六……十七。我現在只有這麼多了，女士。剩下的一週內還清，我保證。」

「最好是這樣。」唐恩說。「走，布萊爾。」

母子二人沿著道路離開，一直走到岔路口，一邊通往他們家，一邊通往鎮上。

「你今天表現得非常勇敢，布萊爾。」他媽說。

「他不該那樣說話。」布萊爾說。

她搖手。「我不是指馬森．貝爾斯那個笨蛋，我是說今天早上在院子裡。」

布萊爾搖頭。「不勇敢，我怕到差點尿褲子。」

「但你沒尿。」唐恩說。「沒有驚叫，沒有逃跑，沒有昏倒。所謂的勇敢就是這樣。害怕，但沒有驚慌失措。里蘭說你表現得比哥哥好。」

「眞的？」布萊爾問。

「眞的。」唐恩瞇起雙眼。「不過如果告訴他們我這麼說，你可是會惹禍上身的，到時候吃鞭子我可不管。」

布萊爾呑嚥口水。「我不會和別人說的。」

唐恩笑著摟起他，緊緊捏了捏。「我知道你不會，小寶貝，我以你爲傲。去吧。享受幾小時的陽光，你爸答應你的。晚餐時見。」她微笑，在他手裡塞了一把貝幣。

「給你買點肉派或糖果之類的。」

布萊爾心情振奮，往鎮上走去，手指不停撫摸光滑的貝幣。他從來不曾擁有自己的錢，必須努力克制才不至於大聲歡呼出來。

他跑去布區太太賣熱騰騰肉派的肉舖，往櫃台上放了一貝幣。

布區太太一臉懷疑地看著他。「這枚貝幣打哪兒來的？泥巴男孩，你偷的？」

布萊爾搖頭。「我媽給我的，獎勵我幫她醫治塔米．貝爾斯的牛。」

布區太太嘟噥一聲，收下貝幣，給他一塊熱騰騰的肉派。

接著他去糖果店，老闆在布萊爾進店後就緊盯著他，一直到布萊爾拿出兩枚貝幣支付從架上拿的玉米葉包裝糖果後，表情才終於好看一點。他把糖果塞到口袋裡，一邊吃著肉派，一邊離開鎮上。明亮的陽光灑在他肩膀上，感覺既溫暖又安全。木惡魔對他張牙舞爪的畫面似乎只是遙遠的回憶。

他走到湖邊欣賞了一會兒漁船。天清氣朗，他可以直接看見遠方湖心的大城雷克頓。他順著湖畔走，朝水面丟石頭。

他突然停步，看著河岸惡魔在泥地上留下的雜亂足跡。他幻想著外型類似青蛙的惡魔跳上河岸，吐出長長黏黏的舌頭要抓自己的景象。那些足跡令他顫抖，他突然感到一陣尿急，差點沒來得及拉下褲子，幸虧附近沒人。

「勇敢。」他對自己喃喃說道，心知那只是個謊言。

當天下午，布萊爾躲在屋後，拿出一顆糖果。他打開這個寶貝，慢慢咀嚼，就像父親享受培根那樣享受糖果的滋味。

「喂，布萊爾佩契！」有人叫道。布萊爾抬頭發現哈戴和哈爾走過來。

「你的糖是哪裡來的？」哈爾叫道，握緊拳頭。

「我們抬了一整天垃圾，而他卻可以多吃培根和糖果？」

「我覺得這樣不對，你呢？」哈爾問。

布萊爾知道這個遊戲。伯格頓所有小男孩都知道，只要聽見這對雙胞胎互問問題，就要把皮繃緊一點了。

他腦中閃過各式各樣回答，不過心知不管如何回答，結果都不會改變。兩個哥哥會打倒他，搶走糖果，威脅他如果去告狀就會下場更慘。

他拔腿就跑，像野兔一樣跳過木堆，然後在哥哥們衝過來時穿越曬衣繩。桑妮和絲凱正拿著籃子裡洗乾淨的衣服，他差點就撞到她們。

「喂，小心點，布萊爾佩契！」絲凱叫道。

「攔住他，他有糖果！」他聽見哈戴叫道。布萊爾壓低身形閃過一條曬衣繩，繞過屋子，奔入屋後的泥沼地。

他聽見其他人追近的聲音，不過周遭樹木十分茂密，提供了足夠掩護，讓他在踏上太濕的沼地前就安然抵達木惡魔現身的那棵金木樹。布萊爾已經爬過那棵樹好幾百次了，熟知每個樹瘤、每根樹枝的位置。他像木惡魔般盪到大樹枝上，僵立不動、屏息以待。其他人跑過去，布萊爾數到十五，之後才終於敢動。

樹枝交會處有個小樹洞。布萊爾把糖果包在乾樹葉裡，然後藏入樹洞，祈禱造物主不要下雨。接著他跳回地上，跑步回家。

晚餐時，哥哥姊姊都像貓看老鼠一樣盯著他看。布萊爾待在母親身旁直到睡覺時間。三個男生臥房的房門一關，雙胞胎立刻把他壓在房間地板上，搜他的口袋和床鋪。

「布萊爾佩契，你把糖果藏在哪裡？」哈戴問，重重往他肚子上一坐，壓出他體內的空氣。

「我只有一顆，吃掉了！」布萊爾掙扎，不過他知道不能提高音量。大叫的話或許會讓哥哥挨鞭子，然而之後自己的下場會更慘。

最後雙胞胎終於放棄，再搖了他一下便上床。「事情還沒結束，布萊爾佩契，」哈戴說，「如果我發現你還有糖果，我就讓你吃土。」

他們很快就睡著了，但布萊爾依然心跳劇烈，聽著院子裡傳來惡魔測試魔印的叫聲。布萊爾沒辦法在叫聲中入眠，每一道魔光都令他恐懼。哈爾在被子下踢他。「別亂動，布萊爾佩契，不然我就把你鎖在前廊過夜。」

布萊爾嚇得渾身顫抖，再一次感到異常尿急。他下床，跌跌撞撞地走到走廊，前往廁所。屋裡一片漆黑，不過這向來不會對布萊爾造成困擾。他已經摸黑上廁所無數次了。

但今晚感覺不太一樣，屋裡有頭惡魔。布萊爾說不出自己是怎麼知道的，他感應到它隱身在黑暗中，等待機會攻擊。

布萊爾覺得心臟跳得像慶典鼓聲，雖然夜晚十分涼爽，他卻開始汗流浹背。他突然覺得呼吸困難，彷彿哈戴依然坐在他胸口上。前方傳來沙沙聲，布萊爾驚呼，瞬間嚇得跳起來。他看了看四周，隱約看到黑暗中有個輪廓正蠢蠢欲動。

他嚇壞了，轉身跑向客廳。柴火已經燒完了，不過底下還有一點餘火，布萊爾小心翼翼地塞入泥煤磚，客廳再度大放光明。陰影消失了，所有藏得下惡魔的地方也都消失了。

屋內沒有惡魔。

布萊爾小寶貝，沒事就會害怕，哥哥姊姊喜歡這樣唱。布萊爾討厭自己，但他的腳就是不肯停止顫抖。他沒辦法回床上。他會尿床，然後雙胞胎會殺了他。他也無法摸黑穿越走廊去上廁所，光是想到就讓他渾身發抖。他可以睡在這裡，睡在火光旁，或是……

布萊爾輕輕穿越客廳，來到父母的房門前。

如果聽到床在搖的話，絕對不要開門，母親曾說過，布萊爾仔細傾聽，床沒有在搖。他拉開門栓，輕輕溜進去，關上房門。他爬到床中央，縮在父母中間。母親伸手摟住他，布萊爾沉沉睡去。

他被驚叫聲吵醒時，四周還是一片漆黑。父母慌忙起身，拉著布萊爾起來。他們全都反射性地吸氣，然後開始咳嗽。

屋內煙霧瀰漫。父母就在身旁，他卻看不到他們。到處灰茫茫的，看起來比黑暗更可怕。

「下去！」母親嘶聲叫道，拉著布萊爾一起滑下床。「煙會往上飄！地板附近的空氣比較乾淨。」砰地一聲，父親從另一側翻下床，爬向他們。

「帶布萊爾爬窗戶出去。」里蘭說著摀臉咳嗽。「我去帶其他人。」

「進入黑夜？」唐恩問。

「我們不能待在這裡，親愛的。」里蘭說。「藥草園的魔印椿威力強大，離屋子只有二十碼，動作快點就能跑到。」

唐恩抓住布萊爾的手，用力捏到他哭出聲來。「浸濕臉盆旁的毛巾，蓋在嘴巴前面擋煙。」

里蘭點頭，伸手搭她的肩膀。「小心點，煙會吸引很多阿拉蓋。」他親她。「走。」

唐恩開始拖著布萊爾往窗口爬。「深吸三口氣，布萊爾，屏住最後一口。撐到我們爬出窗戶，落地後立刻衝向藥草園，聽懂了嗎？」

「懂了。」布萊爾說，然後咳嗽咳到彷彿永遠不會停。最後狂咳終於止住了，他向母親點頭。吸到第三口氣時，他們站起身來，唐恩推開窗葉。她抱起布萊爾，一腳跨出窗沿，砰地一聲摔到地上。

正如里蘭警告的，院子有惡魔在濃煙中跑來跑去。他們在地心魔物發現前一起衝向藥草園。跑過魔印椿後，唐恩立刻停步。「你待在這裡，我去幫你爸救其他人。」

「不要！」布萊爾拉扯她的裙子哭道。「不要丟下我！」

唐恩一手緊抓布萊爾的上衣，另一手狠狠甩他一巴掌。他頭昏眼花，跌向後方，放開她的裙襬。

「我現在沒時間哄你，布萊爾。請原諒我。」母親說。「去豬根叢那邊，躲進草葉裡，地心魔物討厭豬根。我很快就回來。」

布萊爾哽咽幾聲，擦掉眼淚，不過還是點點頭，母親轉身衝向屋子。一頭木惡魔發現了她，衝上來攔截。布萊爾尖叫。

但唐恩臨危不亂，施展里蘭當天早上展示過的誘敵技巧。片刻過後，她讓地心魔物跌向左邊，自己則跑向右邊，接著消失在窗戶後。

布萊爾表情呆滯，彷彿置身夢中，跌跌撞撞地走向豬根叢。他滾進濃密的草叢，壓壞枝葉，身上沾滿豬根汁。一條褲管濕透了，他終於還是尿褲子了。若被雙胞胎看到，他們永遠不會停止取笑他。

他縮在那裡，渾身發抖，聽著夜空中迴盪著家人的叫聲。他聽見他們呼喊彼此，斷斷續續的句子穿越濃煙，傳入他的耳中。然而沒人趕來藥草園，不久後，夜色漸漸轉亮，灰煙染上了一股邪惡脈動的色調。布萊爾抬頭，看見屋子的窗內發出詭異的橘光。

這種景象使得惡魔越叫越大聲，它們不耐煩地抓挖地面，等待魔印失效。一頭木惡魔攻擊房子，被魔光反彈回來。火惡魔想跳上前廊，結果也被彈開。但就連布萊爾都看得出魔法的威力正在減弱，魔光逐漸黯淡。

當一頭木惡魔衝向前廊時，魔印網的威力已經弱得足以硬闖。魔力衝擊惡魔的皮膚，使它發出痛苦的叫聲，不過它還是衝到門口，踢開大門。一團宛如超大火焰唾液的火焰竄出門口，吞沒了惡魔。它後退，尖叫，悶燒，同時一群火惡魔從旁穿越，消失在屋子裡。它們歡樂的叫聲傳入黑夜，稍微蓋過了布萊爾家人逐漸消逝的慘叫。

哈戴跌出側門，大聲慘叫。他的臉上沾滿煤灰、濺有血跡，一條手臂垂在身側，袖子滿滿都是血。他發狂地四下張望。

布萊爾站起來。「哈戴！」他跳上跳下，揮動手臂。

「布萊爾！」哈戴看見他了，邁步奔向藥草園的魔印，腳傷令他的腳步比平時更慢。兩頭大吼大叫的火惡魔隨即衝出側門，但哈戴先跑了一段距離，朝豬根草叢狂奔而來。

然而哈戴還沒跑到一半，一頭風惡魔便從天而降，腳上利爪深深陷入他的背部。它甩動翼爪，哈戴人頭落地。在哈戴的屍體摔倒之前，風惡魔已高飛而去，帶走他的殘軀。布萊爾在惡魔消失在煙霧瀰漫的夜空中時放聲尖叫。

火惡魔朝搶走自己獵物的風惡魔吼叫，接著急忙衝向哈戴的頭顱。布萊爾跌回豬根叢，及時轉過頭去，吐出晚餐。他狂叫猛哭，不斷掙扎，想自惡夢中醒過來，但惡夢持續著。

布萊爾的藏身處越來越熱，濃煙很快就嗆到難以忍受。灰燼宛如雪花般飄落空中，引燃藥草園和院子。其中一塊灰燼落在布萊爾臉上，燙得他哇哇大叫，反覆拍打自己臉頰，試圖打掉灰燼。

布萊爾咬緊嘴唇，努力壓抑狂咳，驚慌失措地環顧四周。「母親！父親！有人嗎？」他擦拭流過臉上灰燼的淚水。媽媽怎麼可以丟下他？他才六歲！

六歲的小孩已經會在應該待著不動的時候試圖逃跑，然後落入阿拉蓋的魔爪，親愛的。里蘭說。也可能在該跑的時候待著不動。

繼續待在這裡，他會被燒死，但就像父親說的，火焰會像吸引飛蛾般吸引惡魔。他想到了金木樹。哥哥姊姊找不到躲在樹上的他，或許惡魔也找不到他。

布萊爾腦袋貼緊地面，照母親的說法吸三口氣，然後衝出藏身處，奮力跑向樹林。到處都是翻飛的濃煙，他只看得見幾呎內的景物，但感應得到惡魔就躲在附近。

他迅速跑過熟悉的土地，卻遇上了一棵他很確定不該出現在那裡的樹。他的臉擦過樹幹，整個人被彈向一旁，背部著地。

接著那棵樹看著他，張口吼叫。

布萊爾緩緩起身，沒有任何突如其來的動作。木惡魔好奇地看著他。

布萊爾開始像鐘擺般來回搖晃，惡魔也跟著他一起搖了起來，宛如在狂風中搖晃的樹木，並與他保持目光接觸。它開始和他一起踏步，布萊爾屏住呼吸，跨出兩步，然後回來，接著是三步，回來，最後，在跨到第四步時，他繼續行走。吸三口氣後，惡魔搖了搖頭，布萊爾拔腿就跑。

惡魔大吼一聲，展開追逐。一開始布萊爾領先許多，但木惡魔才跨出幾步就拉近了距離。

布萊爾左閃右躲，但惡魔緊跟在後，吼聲越來越近。他爬過悶燒的木柴堆，惡魔一爪就打散了整堆木柴。他猛地停在父親的垃圾推車旁，上面還放著幾樣里蘭和布萊爾的哥哥從垃圾場撿回的物品。

布萊爾四肢跪地，爬進拖車底下。他在惡魔的腳爪重重落在面前時屏住呼吸。木惡魔壓低長滿利齒的口鼻部，在地面上嗅聞。它移動到車底與地面的空隙旁，聞著草根和土地。布萊爾知道惡魔可以伸爪到車下抓他，也能輕易拉開拖車，但這麼做或許會讓他有時間從另一邊跑入樹林。他等怪物的嘴巴逼近到與自己只剩幾吋距離。

就在這時，惡魔打了個大噴嚏，排排利齒在離他幾吋的位置突然張開咬合。

布萊爾衝出藏身處，而惡魔又咳又喘，沒有立刻展開追逐。

是因爲豬根，布萊爾想到惡魔打噴嚏的原因。

一頭不比浣熊大的小火惡魔在他衝向樹林時迎了上去，但這次布萊爾沒有試圖逃跑。他等待惡魔逼近，然後甩甩手臂和衣服，在嗆鼻的空氣中製造出一陣豬根臭霧。惡魔彷彿反胃般嘔吐，布萊爾一腳踢趴它，然後繼續逃命。他躍起並抓住第一根樹枝，盪到金木樹上，在惡魔爬起身前躲到樹枝間。

布萊爾回過頭去，發現屋子燒得像壁爐一樣，火焰沿著牆壁攀升。

壁爐。

即使在這麼遠的距離外，他依然感受得到高溫，空氣中瀰漫著煙霧和灰燼，每一口呼吸都令他肺部灼燒。即便如此，布萊爾還是覺得臉上越來越冰涼。他腳一抖，膀胱排出僅剩的尿液，弄得整條腿都熱熱的。腦中傳來母親的歌聲。

生火時該做什麼呢？

打開煙道，打開煙道！

他生過多少次火了？父親總是在晚上熄火後關上煙道。第二天早上，你得打開煙道……

「不然屋子裡會煙霧瀰漫。」他輕聲道。

一分鐘前，布萊爾還覺得自己很勇敢，但那種感覺消失了。所謂的勇敢就是這樣，母親說，害怕，但沒有驚慌失措。

不管布萊爾表現得如何，他都不勇敢。

他翻翻樹枝交會處的樹洞，找出自己藏起來的糖果寶藏，然後在開始哭泣時任由糖果掉到地上。

我該分他們吃的。

第二章　荊棘叢　324AR　夏

黎明前一刻，地心魔物開始消失，空氣中的煙霧也消散開來，布萊爾就著微明的天色看著附近的景象。火勢已熄滅一陣子了，他們家的外形完整。里蘭從不信任木頭牆壁，所以用鎮上垃圾場裡撿來的數百顆石頭建造他們家。

「只有笨蛋，」里蘭說，「才會丟掉上好的石頭，用不堅固的建材造屋。」

隨著惡魔的嚎叫聲消失，四周變得一片寂靜。布萊爾屏住呼吸，側耳傾聽，接著爬下金木樹。等到一腳踏入陽光後才可以出門。母親教過他，但布萊爾實在等不下去了。他奔向屋子。

「母親！父親！絲凱！桑妮！哈爾！」正要喊出哈戴時，布萊爾來到哥哥腦袋焦黑的殘骸前。惡魔啃掉血肉，打破頭顱，挖出裡面的東西。

布萊爾讓自己冷靜下來，用雨桶的水浸濕上衣，綁在臉上，然後進屋。屋內煙霧瀰漫，不過已逐漸消散。茅草屋頂被燒光了，窗葉都向外炸開，前門只剩幾塊破木板還連在扭曲的鉸鏈上。

他赤腳在門口溫溫的茅草灰燼上踩得嘎吱作響。他僵立片刻，深怕有惡魔聞聲而來，然後拋開那種感覺，繼續前進。「母親？父親？有人嗎？」

下一步在地上踩出啪嗒一聲。布萊爾低頭，看到滿地的血。有些像是從烤架滴下來般燒焦了，其他地方則濕濕黏黏的。布萊爾生火的客廳裡散落一些骨頭和肉塊。

屋裡每個角落都有血淋淋的惡魔足跡。布萊爾太害怕了，根本不敢辨認屍體，不過從殘骸的數量來看，似乎湊齊所有人還有剩。

里蘭搬運過來蓋房子的石塊屹立不搖，不過用心修復的家具全毀，其他東西也都一樣。布萊爾撿起幾塊破布，食物全沒了，母親的藥草和香料也一樣。僅剩的就是母親的大菜刀、研缽和藥杵。布萊爾拿走這幾樣物品。

他咳了起來，感到胸口疼痛。即使臉上蒙著濕上衣，屋裡的煙霧還是太濃。正要離開時，客廳裡的金屬閃光吸引了他的注意。父親的矛躺在那堆骨頭和油膩膩的灰燼中。

布萊爾伸手自灰燼中撿起那支武器。燒焦的矛柄一拿就斷了，不過矛頭依然堅硬鋒利。他在附近找到里蘭的魔印盾牌。固定帶需要補一下，不過拍開灰燼後，銅製盾牌表面仍舊光亮。

回到前廊，他取下上衣，在陽光灑落的同時深吸新鮮的晨間空氣。他與父親一起站在這個位置上，夾緊雙腳並希望自己是獨子的情景，才只是昨天的事嗎？

艾弗倫聽到我自私的願望，他心想。祂聽見了，於是派遣地心魔物懲罰我，讓願望成眞。

他聽見遠方傳來大號角的聲音。村民看見濃煙了，很快就會趕來察看。

他們不會知道，他對自己說。不會知道是我放的火，也不會知道我許過那種願望。

他啜泣。他們知不知道有什麼差別？他自己知道，知道一切都是自己的錯。是因爲他太自私，他太愚蠢，他太大意。

我該和他們一起燒死，他心想。但那樣想也不對，家人都帶著榮耀死去。他們會踏上孤獨之道，進入天堂與艾弗倫共進晚餐。

但現在布萊爾上不了天堂。他是卡非特。

路上傳來伯格頓鎮民的喊聲，不用多久他們就會轉過轉角發現他。

布萊爾轉身奔入泥沼地。

泥沼地裡有足夠的食物，只要知道上哪裡去找。鳥會在泥炭中築巢，而在藥草師之子的眼中，到處都有可食用的草根和草。不過布萊爾不是很餓。他只吃了幾朵蘑菇和幾株草根，減輕腹痛的症狀，然後喝了一口水。這片泥沼地一望無際，大湖方圓五十哩內都是濕地。

幾小時過去了，布萊爾發現自己晃到泥沼地外圍的垃圾場。他曾坐父親的垃圾車來這裡無數次。布萊爾向來覺得這裡很寧靜。除了他們一家外，很少會有人來垃圾場，而布萊爾與垃圾待在一起感覺很安全——至少太陽高掛天空時如此。垃圾場是座安靜的墳場，擺滿了老舊不堪的拖車和家具，與其他小型垃圾堆積成一座座又高又臭的垃圾山。接近泥沼地的土地又濕又軟，就算沒有垃圾也散發著惡臭。

一座垃圾山後有片野生豬根叢，草葉又高又濃密，在以垃圾滋養的土地上欣欣向榮。

地心魔物不會跑去那裡找我，布萊爾心想。整個地方臭到它們聞不出他來，而且惡魔不會主動晃

入豬根叢。

總比睡在荊棘叢裡好。

第三章　瑞根　324AR　夏

瑞根深吸口氣。空氣中微帶他露宿道上幾天沒洗澡的臭味，不過主要氣味還是他喜愛的信使大道的花粉味。時值雷克頓的夏季，在他北方的家鄉密爾恩，夏季是個只能在書裡讀到或夢到的季節。密爾恩山脈的多岩地形只能種出瘦小的果樹，大湖周遭肥沃的土壤則毫不吝惜地滋長生命。

他站在馬鞍上，從低垂的樹枝上摘下一顆蘋果。這些樹都是住在道路兩旁的村民為信使而種。這是許多村落引以為傲的事，讓在道上行走的人可以像國王般享受蘋果、洋梨、桃子和梅子。有條路上還種著想到就讓瑞根流口水的上好橘子。

慢慢來，他心想，一臉滿足地品嚐蘋果。享受每一刻，牢牢記住，因為你再也沒機會看到這種景象了。

「最後一趟，」他對伊莉莎保證，「孩子出世前幾個月我就會回來，之後就把長矛高高掛起。」他還有好幾個月的時間，這個承諾不難實現。他善用大部分時間，幫人送信，造訪老朋友並互相道別。有些人表現得很熱情，有些則出奇地感動。他們保證會繼續通信，不過都很清楚從此不會再見面了。

他一路騎到來森堡以南的地方，然後繼續行走三天，登上某座山丘，最後一次俯瞰一望無際的沙漠。他再過不久就要離開雷克頓，進入安吉爾斯，那裡的朋友名單就短多了。

他渴望擁抱伊莉莎，看看她隆起的肚子，不過還是忍不住期待在密爾恩的城門最後一次於自己身後關閉前，在外頭多待一些時間。

過去二十年裡，瑞根每年都會跑一趟這條路線，沿路的商人和貴族都很歡迎他這張熟面孔。資深信使會為了這條路線爭得你死我活——只要跑個幾年就能賺到足夠的錢提早退休。馬爾坎公會長八成已經在摩拳擦掌，想像著那些信使會拿什麼代價換取這條路線。

不過瑞根已經四下關說，帶著各地貴族和商人的信件，要求公會讓瑞根的養子亞倫・貝爾斯接替這條路線。

瑞根嚥下一口驕傲的口水。或許他的旅程已經接近尾聲，不過交棒給亞倫是很恰當的安排，正如瑞根從身為前任皇家信使的父親手中接下這份職務。

瑞根嫉妒亞倫，但真正造成壓力的是他自己的未來。所有人談起他退休的時候，都好像那是什麼可喜可賀的事，彷彿放棄廣大世界的美景、餘生都得躲在魔印牆後非常值得慶幸一樣。

「黑夜呀，我才剛滿四十歲。」他喃喃說道。

四十三了，他內心的聲音道。以前只要睡四小時外加一盤蛋就能解決宿醉。現在你會渾身痠痛好幾天。

「當信使有兩個選擇，」卡伯大師在瑞根當學徒時說過。「年紀輕輕就退休，或是年紀輕輕就死去。惡魔不會因為你不再像三十歲那樣敏捷就放你一馬。」

出產泥炭的村落伯格頓終於映入眼簾，讓瑞根甩開自己的煩惱。他很快就會見到朋友里蘭和他家人，可以飽餐一頓，大聊一場。雖然不能與密爾恩那些公爵才出得起的價錢相提並論，克拉西亞商品在來森堡仍然很貴。他的鞍袋裡放滿要送給小孩的克拉西亞玩具、給唐恩的絲綢和香料，還有一整壺給里蘭的庫西酒。

瑞根微笑。庫西酒或許是替里蘭準備的，不過同時也是爲他自己準備的。這是最後一次了，他們會喝到嚐出酒裡的肉桂味，然後拿他們在道上的冒險事蹟去嚇唐恩和孩子。

看著燒掉的房屋，瑞根的喉頭彷彿被什麼東西哽著。伯格頓鎮民澆水撲熄最後的餘火，整座院子瀰漫一股火與血混合的刺鼻臭味。

瑞根感到十分遺憾，他太熟悉那股臭味了。每個信使都很熟悉，但不管發生過多少次，永遠都沒辦法習慣那股味道。

他像看到鬼魂一樣，看見達馬吉一家人在院子裡奔跑、在前廊休息，享受漫長的夏夜。現在伯格頓鎮民在本地牧師的指示下，把他們的屍體放在火葬堆上，牧師努力想把屍體拼湊回原貌，舉行適當的火葬。

這景象太難承受了。瑞根翻身下馬，深深彎下腰，雙手放在膝蓋間，大口喘氣。

他感到有手搭上自己的肩，於是抬起頭來，看到希斯牧師親切的眼神。希斯眼中也泛著淚光。

瑞根使勁吞嚥口水，聲音沙啞。「有人逃出來嗎？」

希斯疲憊地聳肩。「只找到其中一個雙胞胎的殘骸，不過也可能兩個人就剩下那樣了。」

瑞根點頭。「他們在世的時候我就已經分不出誰是誰了。」

希斯嘟噥一聲，算是在聽到這種黑色笑話時最接近笑聲的反應。「完全沒看到布萊爾。」

瑞根抬起頭來。「你組隊搜索了嗎？」

希斯點頭。「鎮民正搜索沼澤，但是……」他聳肩。「那孩子很小，惡魔可以一口吞掉。」

這話說得很實在，但瑞根不肯相信。里蘭是他朋友，如果他有兩個孩子還有可能活著、在外面擔心受怕，他一定要幫朋友找回他們。

「先別燒。」他說。「我要去找他們。」

希斯點頭。「我們會把他們搬到聖堂去，將灰燼撒在有魔印的土地上。我可以等到黃昏號角響起。」

達馬吉家的院子被前來幫忙或圍觀的伯格頓鎮民踩得亂七八糟，不過瑞根在藥草園裡找到要找的東西。足跡——看起來是唐恩和布萊爾的，唐恩把男孩留在豬根叢裡，聰明。

然後她又跑回去送死。

瑞根在淚水中深吸了口氣。布萊爾跑出屋子，來到安全的地點，但高溫和濃煙必定很難忍受。他仔細搜查，發現男孩跌跌撞撞跑出藥草園，衝向垃圾車，然後從那裡進入沼澤。

瑞根過了一小時才在地上找到爬滿了螞蟻的糖果，金木樹下滿滿都是布萊爾的腳印。

「布萊爾？」他朝樹枝間叫道。「孩子，你在上面嗎？」

沒人回答，瑞根嘆了口氣，抓起最低的樹枝，開始往上爬。明早又要渾身痠痛了。

輕易就找到布萊爾過夜的樹洞。一片包糖果的玉米葉被塞在落葉中，附近瀰漫一股豬根臭味。之後就沒有發現布萊爾的足跡，他在沼澤裡找了好幾個小時，大喊布萊爾的名字。他知道達馬吉家的男孩常常待在垃圾場，也搜過那裡了，不過還是沒找著。

大號角響起，提醒鎮民快黃昏了，瑞根心情沉重地騎上夜眼，迅速趕回聖堂。如果離開金木樹後發現任何男孩的蹤跡，瑞根就會在野外紮營，徹夜不眠，聽聽看有沒有叫聲。

然而那樣毫無意義。儘管心如刀割，瑞根還是得認清事實——他或許找得比其他人更遠，但是一個六歲的男孩獨自身處裸夜中？

布萊爾死了。

伯格頓鎮民或許不會每週都上聖堂，但全部的鎮民都會出席火葬儀式致敬，就算對象是從來沒眞正融入鎭上的家庭也一樣。他們出於對死者的尊重而表情凝重，除了瑞根和牧師外，還有幾個人落淚。只有塔米．貝爾斯號啕大哭。

鎭民陸續離開時，馬森．貝爾斯啐道：「至少我不欠那個愛泥巴的唐恩八貝幣了。」他的兄弟竊笑。

瑞根一把揪住馬森的上衣，然後一拳揮下去。他感覺到有東西裂開，接著一片牙齒碎片飛出馬森口中。

貝爾斯家其他男人上前保護馬森，但瑞根抓住馬森的手臂，矮身拋出，把他摔在其他兄弟身上，讓他們全撞成一團。

「你們每人要交十貝幣給聖堂製作他們的墓碑，」瑞根吼道，「不然造物主爲證，我會讓你們從此再也收不到郵件。」

瑪塔鎭長立刻上前，擋在雙方中間——不過看不出來站在哪一邊——公平地瞪著他們每個人。「沒必要那樣，信使。」她看著貝爾斯兄弟。「你們聽到了。既然不懂得尊重死者，那就回家拿錢包。」

貝爾斯兄弟沒有動作，瑞根猜想，他們會不會高傲到明知會輸仍硬要動手。他有點希望他們動手，打斷幾根骨頭可以讓他們尊重死者，並提醒他們能活著是很幸運的事。

其他伯格頓鎭民面無表情地看著他們。不只一人與馬森抱持同樣想法，不過沒人蠢到敢惹信使，特別是瑞根這種地位的信使。信使能左右他們的生意興衰。

希斯牧師走到瑪塔身邊，雙手扠腰，瞪著貝爾斯兄弟。火葬堆的大火在他身後焚燒，增添一股恐怖感。馬森的兄弟輕點帽子，快步離開。馬森啐出一口血後揮手指示家人照做。

「今晚請你留宿聖堂，信使。」希斯在火勢熄滅後說道。

「謝謝，牧師。」瑞根說。「我有壺本來要和里蘭喝的克拉西亞烈酒，你若願意與我共飲，將是我的榮幸。」

希斯咳著，難以置信地看著那個小酒杯。「比喝一品脫我最頂級的麥酒還烈，而且味道像火焰唾液。這種酒應該被禁。」

瑞根輕笑。「禁啦。任何人被達馬抓到賣這種酒，拇指都會被剁掉，就算只是持有都會慘遭鞭刑。」

希斯搖頭。「不可能，里蘭說這種酒在克拉西亞很受歡迎。」

瑞根又斟滿酒，與牧師碰杯，然後一起喝。「克拉西亞就和世界上其他地方一樣，牧師。有神聖之處，也有虛偽的地方。伊弗佳說喝烈酒是一種罪──」

「造物主不准。」希斯說。

「──那並不表示所有人都會遵從伊弗佳。」瑞根凝視自己的空酒杯。「里蘭有沒有告訴過你，當初他爲什麼離開克拉西亞？」

希斯點頭。「他們每天晚上都把戰士鎖在一座擠滿惡魔的迷宮裡，還把逃離戰場的人當成垃圾。他說你提供更好的生活，還冒生命危險帶他通過城門。」

瑞根大笑。「他是這麼告訴你的？是呀，就某方面來講沒錯，不過有點美化事實。老實說，在離開克拉西亞堡那天前，我從沒見過里蘭。我離開克拉西亞堡後趕了好幾哩路，將近黃昏才解開拖車，開始架設攜帶式魔印圈。」

他又斟了兩杯庫西酒。「我生好火堆，放水壺上去燒水，接著黑暗中突然走出一個身穿全套戰士黑袍、手持矛和盾的沙羅姆。我當場嚇得屁滾尿流。我拿起矛攻擊，但即使在我的車軸下掛了一整天，他還是輕易架開了我的攻擊，好像我是還在用訓練矛的學徒。如果他體力充足，我絕對一矛都躲不過。」

希斯接過酒杯。「後來怎麼樣？」

瑞根聳肩。「他用力一擋，打得我趴在地上。如果他繼續攻擊，八成能殺了我，不過他壓低了矛和盾，等我反應。這時我才知道他並不是攻擊我，只是自衛。那個地心魔物養的不會說半句提沙話，不過我的市集雜語足以讓我們大概聽懂對方的意思。他哀求我帶他北行，然後我們結伴同行了將近三年，接著他就被你們美麗的藥草師迷上了。」

希斯點頭。「他們找我證婚時，全鎮都快暴動了。如果里蘭只是為了她轉而信奉造物主，我絕不會為他們證婚。」

「我們還沒離開沙漠，他就已經準備改信了。」瑞根說。「里蘭不想死在大迷宮裡，但又不想違背造物主的旨意。你給了他他想要的，我還記得你比畫手勢、吹焚香到他身上時，他哭得有多感動。」

瑞根舉高酒杯。「每年去他們家，都覺得人好像越來越多。而現在那間小屋空了。」

「敬里蘭和達馬吉一家人。」希斯在兩人碰杯喝酒時說道。他面露好奇地看著酒杯。「喝起來像……」

「肉桂。」瑞根點頭。「不過得要喝得爛醉才嚐得出來。」

希斯塞上酒壺。「那最好別再喝了。今晚我想保持清醒，每小時吹一次號。」

造物主牧師遵守庇護法規，聖堂不管任何時刻都得提供庇護。世界上只有少數魔印師的知識能超越牧師在擔任輔祭時學過的強大魔印。教會魔印十分難畫，而複雜的魔印網牢不可破，力量強大到不僅無法攻破，還能讓意志堅定的惡魔在攻擊過程中被自己反彈出的魔力打死。

通往前門的道路整夜都以油燈照明，幫助任何奔向庇護所的人，而聖堂大門絕不上鎖。牧師都過著簡樸的生活，沒有任何財物可偷。

大號角每天都會在日落前一小時吹響，然後黎明時再吹一次，爲需要的人領路。如果牧師打算每小時吹響一次……

「你認爲布萊爾還活著？」瑞根問。

希斯望著鐘，搖搖晃晃地站起身來。「我曾問里蘭，爲什麼他願意放棄伊弗佳，改而信奉卡農經，他告訴我：『我現在明白，如果艾弗倫的力量至高無上，就表示連奈的存在都是出於祂的旨意。

也就是說阿拉蓋也是祂派來的。除了懲罰我們的罪孽，這還能有其他解釋嗎？』」

瑞根皺眉。「請見諒，牧師，但我始終不能接受這種說法。卡農經說造物主深愛我們，愛我們的神怎麼會任由地心魔物荼毒我們？」

「這種說法很矛盾。」希斯同意。「多年來，許多比我們聰明的人一直在辯論這個問題，而卡農經和伊弗佳都同意造物主的力量至高無上。」他跌跌撞撞走到大號角旁，舔舔乾燥的嘴唇。「我們住在現實世界，依眼前的情況做出抉擇，不過我們仍可以祈求奇蹟。」

他深吸一口氣，吹號。

第二天，瑞根外出尋找布萊爾，第三天也一樣，但沒找到任何蹤跡。或許造物主會賜下奇蹟，但如果眞是這樣，那祂肯定很吝嗇。

瑞根以爲，當密爾恩的大城牆終於映入眼簾時，自己的心情會有點沮喪，結果他卻感到十分開心。沒錯，他要拋下整個世界，或許里蘭做的是對的，他朋友向來優先考慮家人。還有什麼方式比不再遊蕩、珍惜自己家人更能紀念他的朋友？

他進城時看的是前方，不是後頭的來時路。

他前往卡伯魔印店所在的魔印區，打算回家前先到店裡晃晃。瑞根進店時，亞倫正保養護甲。

「如果你用保養護甲一半的心思去照顧那個女孩，她早就被你玩弄在股掌之間了。」

亞倫抬頭笑道：「如果這不算夜晚嘲笑黑暗黑，我就不知道什麼才算了。如果不用幫你照顧伊莉莎女士，我自然有時間多陪陪玫莉。」

光聽到伊莉莎的名字就讓瑞根精神一振。「她好嗎？孩子……」

「她看起來像吞了雪人的身體。」亞倫說。「不過藥草師說一切都很好。」他轉身向店舖後方大叫。「卡伯！瑞根回來了！」

片刻過後，頭髮花白的老魔印師走出來。「瑞根，你的最後一趟跑得怎麼樣？」

「從我的角度來說，輕鬆又安全。」瑞根說。

「你一路走到沙漠去嗎？」亞倫問。

瑞根搖頭。「只在瞭望丘過了一夜。」

亞倫斂起笑容。「我已經望了太久。我等不及要拿到執照，親自過去瞧瞧。我要去沒有信使去過的地方。」

「你想成爲馬可．流浪者？」瑞根說。

亞倫聳肩：「每個信使都想成爲馬可．流浪者。」

「是呀，孩子說得沒錯。」卡伯說。「我小時候都會哀求吟遊詩人講馬可．流浪者的故事。」

瑞根點頭。「說得不錯。那些故事述說馬可去過的神奇之地，卻總是不提他回家時的心情有多沉重。」

「你難道認爲不値得嗎？」亞倫問。

「造物主哇，當然不是。」瑞根眨眼。「我的背包裡有分界河以南半數商人和貴族的信，要求指派亞倫・貝爾斯接手我每年夏天的雷克頓路線。」

亞倫瞪大雙眼。「眞的？」

瑞根點頭。「在你那場瘋狂礦坑之旅取得布來楊伯爵信任後，馬爾坎公會長不太可能拒絕。」

亞倫跳起身來，高聲歡呼。這反應實在太不符合這個男孩向來嚴肅的形象了，讓瑞根不知道該如何反應。他望向卡伯，發現老魔印師與自己一樣目瞪口呆。

「伊莉莎會不高興，」瑞根說，「玫莉也一樣，我想。」

「你不用告訴她們。」亞倫說著凝視兩個男人。「你們兩個都不用，我準備好就會和她們說。」

瑞根點頭。「現在我只要決定接下來的人生要怎麼度過就行了。」

「關於這個，既然你的所作所爲讓我損失了合夥人，」卡伯說。「我有點想法。」

第四章　泥巴男孩　333AR 秋

泥巴男孩躲在豬根叢裡看著沼澤惡魔在垃圾堆四下覓食。

「豬根像野草一樣，生命力很強。」母親以前常說。斷掉的草葉幾乎能在任何土壤上另行紮根，在垃圾場附近的沃土上，就像火焰唾液引發大火般一發不可收拾，隔絕其他植物，在裸夜裡提供安全藏身處。

地心魔物聞了聞，找到第一隻老鼠，皮毛上的血跡還有餘溫。惡魔發出興奮的叫聲，一爪插起老鼠，丟入自己嘴裡。它咬了一口，然後整隻吞下。

泥巴男孩一動也不動。惡魔離他不過數呎，但它什麼都沒聽到，也什麼都沒看到。衣服上的豬根汁和泥巴讓他完美融入周遭環境，而身上散發的臭味能讓任何惡魔偏過頭去。

有些惡魔喜歡每晚都在同一個地點現形，在很小的範圍內狩獵，黎明時又從同一地點返回地心魔域。泥巴男孩熟知附近有哪些惡魔，也知道它們習慣在哪裡出沒。

其他惡魔則喜歡四下遊蕩，從它們最後晃到的地方返回地心，晚上再從該處現形。這頭惡魔最近幾天越晃越近。泥巴男孩在所有通道上種植豬根，但是垃圾場會吸引惡魔，就像不流動的水會吸引蚊子一樣。地心魔物最愛吃的就是人肉，而垃圾場裡充滿人類的臭味。

泥巴男孩挖掘地洞，埋設絆索，甚至在惡魔會行經的路上燒豬根煙，然而不管他如何設法讓惡魔去別的地方狩獵，這頭沼澤惡魔還是太接近他藏身的荊棘叢了。他絕不允許它留在這裡。

那隻老鼠給它塞牙縫都不夠，不過地心魔物在數呎外又找到另一隻，數碼外還有一隻，慢慢將它引向拖車傾倒糞便的懸崖。

泥巴男孩搖搖頭。這是這頭惡魔第三次晃入垃圾場，然後被誘往同一個地點了。父親說惡魔的腦袋與豆子一樣大。他一手抓起綁有父親的矛頭的掃把柄，另一手套入已修復好的盾牌皮帶中，心裡想著這頭惡魔究竟會不會記取教訓。

沼澤惡魔的腳步已經開始東倒西歪。老鼠都被下了天花草和潭普草混合的藥。一隻老鼠的效果不強，不過吃了五隻後，惡魔就會開始笨手笨腳，動作漸漸慢下來。

漸漸慢下來，但不是很慢。如果他行動不夠快、攻擊又不精準，就連動作最緩慢、最愚蠢的地心魔物也能把他撕成碎片。他親眼見過它們的實力。

*你一輩子都要對阿拉蓋抱持敬意，我的兒子。*父親說。*但是永遠不要讓恐懼控制自己。*

泥巴男孩擁抱自己的恐懼，立刻展開行動，宛如飛鳥般迅速安靜。惡魔沒有看他，不會發現他正逼近。它只會看見盾牌擊中它時發出的魔光，然後就會被擊飛出懸崖。

但正當惡魔伸爪去拿最後一隻老鼠時，它彷彿回想起什麼，停下了動作。泥巴男孩加快腳步。它比想像中更聰明，下次他得換個新招。

即使中了迷藥，惡魔仍堪稱敏捷。它突然轉頭，及時發現布萊爾。惡魔後腿插入地面，朝他揮出前爪。

泥巴男孩無法停止衝勢，連忙就地翻滾，以數吋之遙閃過魔爪。他停在崖邊，在沼澤惡魔吐口水時轉身。

他躲在盾牌後，然而吐在地上的泥沼唾液濺上他的臉和身體。他感覺到一陣灼痛，唾液開始腐蝕他的皮膚了。

泥巴男孩緊閉雙眼，放下矛，抓一把潮濕的泥土抹在臉上，讓灼痛感冷卻下來。他沒有放下盾牌，不過已經優勢盡失，他和惡魔雙方都很清楚這一點。沼澤惡魔一躍而起，拉近彼此間的距離，於恐怖的吼叫聲中直接落在他面前。

它迅速攻擊，不過盾牌上的魔印擋開了它的爪子。泥巴男孩伸手到口袋中摸索，抓起一把豬根粉，趁著惡魔吸氣準備大吼時把粉末撒到它臉上。

惡魔立刻窒息，握住自己喉嚨，泥巴男孩繞到它身後，以肩膀頂住盾牌向前猛衝，把惡魔推下懸崖。

他站在懸崖邊，看著惡魔一邊尖叫一邊滾下埋著垃圾的陡坡，一路滾往下方的沼澤。魔爪沒辦法在軟土和淤泥上減緩墜勢，它轉眼消失在沼澤的霧氣之中。

這一摔不會對惡魔造成永久性傷害——事實上，沒有東西可以——不過這能讓它遠離他家，那才是重點。它不可能爬回來。地心魔物只能摸摸鼻子，然後晃入沼澤。他要再過幾個月才會再度遇上這頭惡魔——如果還會遇上的話。

儘管抹了冰涼的泥巴，他的臉還是很灼熱。泥巴男孩低下頭去，發現衣服上沾了幾滴泥沼唾液，正腐蝕冒煙。他有一個接雨水的破木桶，於是朝木桶奔去，一頭浸到水裡，然後擦掉剩下的泥巴。

他摸摸臉頰，痛得皺起眉頭。

笨，他心想。你的錯，粗心大意。

他得調配一帖藥膏。

看到月亮下山後，泥巴男孩取下臉上的敷布，試探性地移動下巴，扯動臉上的皮膚。泥沼唾液噴到的地方紅紅的、破了皮，不過由於立刻抹上泥巴，傷勢沒有進一步惡化。他外衣下那件用撿來的皮革拼湊成的護甲布滿密密麻麻的小洞，其中幾個完全貫穿了厚皮革。

母親會說藥膏要敷一整夜，不過當天是第七日，他想到那些獻禮就口水直流。

他溜出荊棘叢，把充當門的破桌子推開一條縫，閃身而出，然後又推回原位，遮住位於最大一座垃圾山後的藏身處入口。

他矮身移動，附近的豬根長得很高，足以完全遮蔽他。他邊走邊摘下幾片葉子，在手裡捏碎後抹上衣服，加重身上的氣味。他的衣服幾乎全染黑了，草葉汁液彷彿縫線般到處都是。

他繞過惡魔坑陷阱，輕巧地跳過絆索，透過草莖間的縫隙觀察形勢，然後才離開安全的草叢。沒有地心魔物。

他順著路走，經過許多漆黑無聲的小屋——居民早已睡了。惡魔在村裡覓食，但泥巴男孩熟知它們的習性，基本上不會被發現。

少數聞到他味道的惡魔都立刻轉過頭去，通常還會打個噴嚏。晚餐常喝的豬根湯把他的汗水和口氣都變成惡魔無法忍受的氣味。就算有惡魔發現他，往往也不想招惹他，除非他蠢到太靠近它們。

聖堂附近的惡魔較多。院子裡有油燈照明，把惡魔引開城鎮中心。地心魔物圍著魔印牆繞圈，偶爾會沮喪地揮爪抓牆，引發魔光。

獨自行動的地心魔物不會來招惹他，但是一群地心魔物就有可能包圍他，它們集體行動的時候攻擊性也較強。

但是只要通過那群惡魔，就有麵包和麥酒等著他。

你要勇敢一點，父親說。我在沙拉吉的時候，膽小的孩子就會挨餓。

牧師會把第七日禮拜儀式的獻禮放在祭壇上，蓋著的盤子裡有片剛出爐的麵包，而蓋著的大酒杯裡則倒滿冒泡的麥酒。白鑞器皿上刻有遠古的魔印，守護著專為前來聖堂尋求庇護之人準備的飲料與食物。

一天後，麵包就會變硬，酒也會變得淡而無味，但頭一夜……

他又流起口水了。麵包皮一定很酥脆，裡面包的肉鮮美多汁；麥酒的泡沫會讓他的喉嚨發癢。享受這兩樣東西就是泥巴男孩這輩子最接近天堂的體驗。

於是他一週會來聖堂一次，不過不是為了禱告。父親會唾棄這種不敬神的舉動，但是父親已經死了，沒辦法責備他。泥巴男孩知道造物主也不會喜歡自己偷竊庇護之禮，然而除了奪走他的家人，艾弗倫又曾爲他做過什麼？麵包和麥酒不是什麼美食，不過與他平常吃的生菜和生肉相比，已是値得冒險面對幾頭地心魔物爭取的大餐。

泥巴男孩壓低身形，繞過牆壁，直到離開窗口可見的範圍。他等待惡魔群露出空隙，然後直奔而上。深深刻入牆壁的魔印提供完美的施力點，他轉眼就已經翻過圍牆，落在牧師埋葬亡者骨灰的墓碑之間。院子裡的油燈於刻在墓碑的名字上照射出陰影，不過泥巴男孩不需要光線就能找到家人的墓碑。

想念你們，他心想，伸手撫摸自己在墓碑上刻下的凹痕，每條凹痕代表一個他們去世後的冬季。現在已經有九條凹痕了。家人的容貌在他心裡已經模糊不清，但失去他們的空虛感絲毫不曾減弱。

他隱身在墓碑的陰影中，穿越院子，以免牧師透過另一扇窗偷看他。沒過多久，他已經背貼聖堂的牆壁，一吋吋繞過側廊與客廳相交的L形轉角。一樓的低矮窗沿讓他能輕易躍起以抓住二樓窗沿。就和外牆一樣，牆上的魔印刻痕提供了施力點，讓他一路爬上屋頂。

幾年下來，牧師一直想查出是誰每週跑來偷走獻禮，這已成了他們之間的遊戲。牧師在門窗上裝置鈴鐺，不過至今還沒想到，自己每週的訪客是利用遮簷屋頂中央的號角塔進入聖堂。

泥巴男孩暫停片刻，俯瞰伯格頓。鎭上的房舍一片漆黑，不過今晚天清氣朗，他能就著月光看得很遠，一直看到馬森·貝爾斯的農莊。那個老頭還欠他家治療梅貝兒的八貝幣，泥巴男孩每週一次從牛奶扣除這筆債。這不算偷竊，眞的，而且他還能趁機看看塔米。她一年比一年漂亮了，已經有男孩開始追求她，不過暫時沒有進一步發展。他還是可以三不五時看看她，幻想他倆本來可能的關係。

他輕嘆一聲，溜入塔門，輕手輕腳地步下台階。他的鞋子不成雙，不過很合腳，舊舊的很好穿。他沒有發出任何聲響，路過聖器室後便進入主殿。

聖堂前方每晚都會點燃油燈，與院子裡的油燈一樣用來引領需要庇護之人。火光照亮聖壇的桌子和布道壇，朝泥巴男孩的目標投射出長長的影子。他一直注意牧師喜歡躲藏的唱詩班樓座，不過沒有任何動靜。牧師會在等待時喝酒，這個時間通常已經熟睡。

他先拿起白鑞酒杯，揭開杯蓋，喝了一大口，讓泡沫弄癢自己的喉嚨，讓酒精安撫今晚所受的傷痛。接著他伸手去拿麵包盤。

掀起盤蓋時，他聽見一陣鈴聲。牧師在盤蓋下方裝了一顆鈴鐺，從外面看不出來。泥巴男孩瞄向唱詩班樓座。沒有動靜。幾呎外有陰影，只要他動作夠快……但接著聖器室的門突然開啓，希斯牧師站在門後，胖嘟嘟的紅臉上露出勝利的表情。他們面對面站著，牧師雙眼大睜，表情由勝利轉爲震驚。

「布萊爾？」

第五章 最後一趟 333AR 秋

瑞根拍打馬車側門，車外騎馬的守衛羅伯特往後傾看了一下。「怎麼堵住了？」

羅伯特坐直，看著堵在密爾恩街道上的車輛，聳了聳肩。「信使日。一定是南方的消息引發騷動。」

瑞根討厭馬車，從前他才是騎在馬鞍上護送馬車的人。

現在我是貨物了，他心想，低頭看著袍子下日益肥大的肚子。以五十二歲的人而言，他的身材十分健壯，不過與從前的他仍無法相提並論。

與卡伯合夥做生意讓他賺得難以想像的財富，而當癌症奪走他的朋友兼老師時，他又突然間接管了魔印師公會。他曾擔心自己退休後該怎麼過日子，現在卻成了城內最有錢有勢的商人。

他們終於回到卡伯的店了。

卡伯的店。現在這家店是他的了，伊莉莎已經接手經營好幾年了，但在他心中，這裡依然是卡伯的店，這點從他一直沒有換掉店外的招牌就可以看出來。

伊莉莎循著門鈴聲抬頭，臉上的笑容把他的憂鬱之情一掃而空。現在她是主母了，從主母學校畢業、恢復貴族頭銜後，她可以做任何想做的事。

伊莉莎的寡婦母親翠莎伯爵夫人多年來一直忽視他們，只寵愛伊莉莎的姊妹，現在也重新聯絡他們。她要伊莉莎與自己一起從政，伊莉莎爲了和瑞根共同經營魔印店而拒絕時，她還感到莫名震驚。

看到店裡沒人，瑞根把門上的牌子翻到「打烊」，然後走向妻子。正要進入櫃台、擁抱妻子時，一陣敲門聲傳來。他在門被推開時轉過身去，剛好看到德瑞克．金風塵僕僕、氣喘吁吁地闖了進來。他依然穿著護甲，信使袋也還沾著道上的塵土。

「德瑞克！」伊莉莎叫道。「我們以爲你明天才會回來。」

「快馬加鞭盡速趕回來。」德瑞克說。「消息明天就會在城內傳開了，我要你們直接聽我說。」

瑞根察覺他語氣緊張。「什麼消息？」

「你或許想先坐下。」德瑞克警告。「如果你有收藏甜井鎮的烈酒，現在就是開封的時候了。」

伊莉莎走出櫃台。「別拖拖拉拉了，德瑞克。出了什麼事？」

「我有亞倫的消息。」德瑞克說。

密爾恩堡的人已經知道亞倫．貝爾斯就是魔印人，不過德瑞克更早就認識他了。他倆在幾年前相遇，當時德瑞克是布來楊伯爵的金礦驛站看守人，亞倫則是信使學徒。亞倫帶著德瑞克回到密爾恩，後者就在魔印店工作了好幾年，最後加入信使公會。現在德瑞克每週往來密爾恩堡與河橋鎮送信。

「什麼消息？」瑞根問。「他還好嗎？」

德瑞克搖頭。「他和沙漠惡魔在山頂決鬥。他們說他不肯服輸，帶著對手一起墜崖。」

瑞根大驚。「他們？是誰說的？」他知道謠言有多容易亂傳，不肯相信這種消息。

「不是道聽塗說的。」德瑞克說。「湯姆士伯爵親自撰寫的公告，我看過正式副本。」

瑞根立刻轉向伊莉莎，她把亞倫視爲己出。她站在原地，一聲不吭，神情呆滯。

他走向她。「他不會有事的，一定是弄錯了。亞倫很厲害、很聰明，不可能……」

他說到一半突然哽咽，了解這個消息代表的意義——就算是亞倫，摔落懸崖也不可能不死。

亞倫死了。他這輩子遇過最勇敢的男人，他的學徒，他的養子。

他兒子。

他搖頭，目光模糊起來，伊莉莎立刻來到他身邊，扶著他，撫摸他的頭髮，安慰他。他本想爲了她保持堅強，結果卻反過來了。

「我得回家了。」德瑞克說，顯然覺得有點尷尬。「史黛西也該聽聽這消息。」他打開信使袋，在櫃台上放了疊信件。「信帶來了。」

伊莉莎一直忍到晚上孩子都上床後才開始哭泣。他們兩個晚餐時都喝了太多酒，伊莉莎在瑞根懷裡哭到睡著。

瑞根眼眶濕潤，他還是有點不敢相信自己竟然會哭。他上次流淚是什麼時候？他不知道自己還有能力哭泣。

現在他很生氣，不過不知道是對誰或什麼東西生氣。他肌肉鼓脹，彷彿要找人打架卻沒有敵人可打，他無法找人報仇。亞倫死了，而他什麼也不能做。

他在床上躺了幾小時，翻來覆去，輾轉難眠。最後他實在按捺不住，於是悄悄下了床，沒驚動伊莉莎。

夜深了，他家走廊上空無一人，窗葉都爲了抵擋高山的寒風而緊閉著，屋內一片漆黑。不過瑞根從來都不怕黑。他在黑暗中無聲行走，手指輕觸牆壁，直到抵達自己辦公室。他走進去便關上門，然後打開電燈。

他走向自己的辦公桌，拉開放著最後一瓶甜井鎮烈酒的抽屜。由於甜井鎮慘遭地心魔物屠鎮，這種酒如今是無價之寶。

他用匕首割開堅硬的封蠟，拔開瓶塞。他沒費心去拿酒杯，直接就著瓶口喝了一口。接著大咳一聲，噴出半口酒來。黑夜呀，他忘記這酒有多烈了！

他拿起酒杯，斟了一杯酒並兌水稀釋。入口到胃裡一路灼燙，之後順著喉嚨留下麻痺感。瑞根希望這股麻痺感很快就能遍布全身。

他看到瑪格莉特把那疊信放到他的桌子上，還割斷了繫繩。再喝幾杯烈酒，看看他的投資帳務，應該就能讓他一夜好眠。

瑞根靠上椅背，瀏覽那些信。大多是生意上的文件，不過有些是私人信件，其中一封信上的印記吸引了他的注意。他有多久沒想起伯格頓鎮了？

他打開封蠟，讀起信：

瑞根信使：

願造物主祝福你。我真心希望你身體無恙。

基於你在悲劇發生當晚英勇的表現與關懷，我在此告知你布萊爾．達馬吉尚在人間——或至少在我寫這封信幾週前還活著，當時我抓到他從我的聖壇上偷取獻禮。他逃走了，之後再也沒有回來過。

那孩子渾身骯髒、散發惡臭。我相信他一直像動物般生活在沼澤中，藏在泥巴裡躲避惡魔。我花了幾週搜尋他和他的藏身處，但是濕地太遼闊也太危險。我上週踩到一個污水坑，摔斷了腿，不得已只好放棄搜尋，我能活著回來已經很幸運了。

因爲克拉西亞人入侵來森，而窪地女鎮長又派人警告他們會繼續侵略，伯格頓鎮沒人願意幫我搜尋這個克拉西亞混血男孩。半數鎮民相信里蘭是他的沙漠主子派來探路的間諜。

拜託，信使。布萊爾一個人在裸夜中生存，你和我是他唯一的希望。只要你能幫他回到魔印守護之中，天堂一定會提供百倍獎勵。

我心謙遜　希斯牧師

伯格頓鎮聖堂，雷克頓教區

惡魔回歸後三三三年

瑞根再讀一遍，然後又讀一遍，而他的眼睛不斷跳回兩個句子。

布萊爾．達馬吉尚在人間。

布萊爾一個人在裸夜中生存。

門開了，伊莉莎站在門口，身穿睡衣。「我醒了，你不在床上。」

瑞根看著她。「我得去雷克頓一趟。」

伊莉莎眨眼，彷彿不確定自己有沒有聽錯。發現瑞根無意進一步說明，她雙臂交抱。「爲什麼？」

這向來不是好現象。伊莉莎雙臂交抱時會變得與石惡魔一樣固執。瑞根揚起那封信，鼓起勇氣面對接下來的衝突。

「我非去不可。」瑞根在她讀完信時輕聲說道。

「你當然非去不可。」伊莉莎說。

「我知道看起來不太可能，這麼小的孩子在裸夜中生活。」瑞根說。

「亞倫就曾經辦到。」伊莉莎說。

「亞倫當年比布萊爾大一倍歲數，而且擅長繪印。」瑞根說。「要不是遇上我，他早就死了。」

「所以你得去找尋這孩子，」伊莉莎說。「在這年紀，你還是自認有能力踏上最後一趟冒險。」

「我不會有危險。」瑞根說。「歐可的驛站直達河橋鎮，我的矛是亞倫親手刻印的。我會帶德瑞克一起去，他會很高興有藉口逃離布來楊伯爵的宅邸。」

這是實話。德瑞克的妻子史黛西利用舅舅的權勢，讓自己嫁給僕役後依然保有貴族身分，但儘管伯爵承認了兩人的婚姻——甚至動用關係讓德瑞克獲得體面的工作，晉升到商人階級——布來楊和德瑞克都還是寧願德瑞克不要待在密爾恩。

「我知道。」伊莉莎說。

瑞根瞇起雙眼。「妳為什麼不反對？不叫我派其他人去？不威脅要在我回來前離開我？」

伊莉莎再度交抱雙臂。「因為這一次，我要和你一起去。」

瑞根當然反對。準備行李的兩天裡，兩人一直在爭論，還一路爭到城門口，但其實大家都很清楚結果。伊莉莎很堅決，更重要的是，瑞根發現自己想要她跟來——想要她見識見識令兩人分隔多年的廣大世界，或許到時候她就會了解。

儘管想要伊莉莎同行，他還是優先考量她的安危。他雇用一隊守衛來應付強盜，毫不節省武器裝備的開銷。他事先派人通知歐可的驛站，預留房間和補給品。德瑞克非常樂意加入他們，在隊伍中添一張熟悉的面孔。

第一晚，他們在哈爾登園的旅社過夜。哈爾登園建有矮魔印牆來抵擋地面上的惡魔，不過夜晚風惡魔仍會俯衝到街道上覓食。旅館的魔印強大，但偶爾還是會有惡魔測試魔印時發出的聲響和閃光。每道魔光都會嚇到伊莉莎，瑞根則抓著亞倫幫他刻印的矛。亞倫保證那支矛能刺穿地心魔物的外殼，而瑞根絕不懷疑他的話。他心中有一部分渴望使用那支矛，在魔印後面躲藏一輩子後，自己終能親手擊殺惡魔。不過心中更大的部分——更明智的部分——則希望自己永遠不必測試那把武器。

他在第二天爬上馬鞍、扯緊護具時呻吟了一聲。

「被鎖鏈夾到了？」德瑞克問。

「比較像肚子被擠到。」瑞根說。「我比上次穿的時候要胖上一、兩磅。」

伊莉莎大笑：「對，只胖一、兩磅，就和我懷孕的時候一樣。」

「黑夜呀，我希望沒那麼糟。」瑞根說著順勢後退，閃開伊莉莎玩笑的一掌。

德瑞克笑著拍拍自己結實的腹部。「多數夜晚都在道上吃飯就很容易維持體重。」

「是呀，」瑞根說，「但年紀一大，動作就沒那麼靈活了，德瑞克。火焰燒得沒從前那麼旺，而我們還是一直添柴。」

從密爾恩前往伯格頓需要超過三週的路程，就算走最快的路線也一樣。瑞根心裡有一部分非常期待這趟旅程，急著想逃離密爾恩的牢籠，但發現自己並不特別懷念某些旅程中的細節。他大腿痠痛，上次在馬鞍上待一整天是什麼時候的事了？即使住在驛站，他們睡的床板也都很硬，挑選食物時，考量的也是能保存多久，而不是好不好吃。

到河橋鎮就能睡好床、吃美食了，接著是安吉爾斯，不過那之後他們就要在道上露宿幾天，直到抵達窪地，然後又露宿更多天才會到達伯格頓。

第二天，瑞根彷彿是這輩子第一次被太陽曬傷。直到那時，他才注意到自己的手變得有多白。從前瑞根信使的手和臉都曬成深棕色，完全不怕太陽。

但到第三天，瑞根又能感覺到自己的腳了。他們爬上一座山丘，他往後靠著馬鞍，俯瞰著公爵領地，同時伸展筋骨。

「我倒眞的很懷念這片景色。」他說。

伊莉莎一臉讚歎。「好美。」

瑞根伸手握著她的手。「這才剛開始呢。」

「它們很快就會浮現，」瑞根說，「該進裡面去了。」

所謂「裡面」是守衛架起的帆布帳篷。他們此刻身處安吉爾斯南方，在前往窪地的路上。

「不，」伊莉莎說，「在帳篷裡不會比外面安全。我過去十年都在學習魔印，也該是我看看惡魔的時候了。」

她來回踱步，等待惡魔現身。她雙手緊握成拳，瑞根看得出來她很緊張。「不會只有一頭。木惡魔會成群結隊在道路附近現身，過不了多久就會找到我們。」

伊莉莎不再踱步。當太陽沉入地平線下，世界籠罩在傍晚微光中，她深吸口氣，掃視路旁樹林。

她沒等太久。邪惡的魔物開始滲出地表，越來越濃，凝聚在一起，像是雕塑家把黏土拍成一團，逐漸塑造出雕像的雛型。

那是一頭四肢瘦長的木惡魔，棕色外殼長滿樹瘤，粗糙的表面類似樹皮。它的爪子鈍端看起來像破掃帚柄，但瑞根從經驗知道，另一端十分鋒利且有倒鉤，適合爬樹，以及將獵物開膛破肚。

它的口鼻部裂開，露出數百顆形如魔印錐的泛黃牙齒，不過伊莉莎直視地心魔物的雙眼，這讓瑞根感到十分驕傲。他知道不少經驗老到的信使都不敢面對惡魔的目光。

不過當惡魔突然彈起，轉眼間拉近距離、一爪揮向伊莉莎時，她嚇得尖聲大叫，瑞根則像第一次露宿野外的新手一樣，心跳都快停了。

魔印網發出轟然巨響，擋下惡魔，撞擊點上產生閃電般的蛛網魔印光芒。

伊莉莎看著魔印網反彈魔力，將惡魔撞倒在地。她輕哼一聲，走向帳篷。地心魔物被她這種不屑的態度氣得大發雷霆，一再衝撞魔印網，不過徒勞無功。

它又鬧了好一陣子。第一頭惡魔吸引其他惡魔前來，很快就有一打惡魔圍住他們，輪流測試魔印網。

只有造物主才知道伊莉莎是如何睡得著的。瑞根記得從前自己也辦得到，但是退休後那些回憶都變成惡夢，而現在他輾轉難眠，惡魔每一下攻擊都讓他心驚膽顫。

他在黎明前惡魔安靜下來時小睡了一會兒，沒過多久又被守衛拔營的聲響吵醒。爬回馬鞍時，他渾身無處不痛。

過幾天，他們抵達窪地，在旅社裡留宿兩天後又回到道上。他們問起亞倫——窪地人很樂意談論解放者的傳言——不過沒什麼新消息。很多人相信他會回來，但決鬥後已經幾週了，都還沒人見過他。

在道上幾夜失眠後，瑞根很想多住幾天，或許去拜訪湯姆士伯爵，但是牧師的信一直卡在心裡。

布萊爾一個人在裸夜中生存。

他們繼續前進。

接近通往伯格頓的岔路時，一名信使疾馳而來。他的馬汗流浹背，信使的表情十分急迫。信使看到他們立刻停下，拿起水袋喝了一大口水。瑞根不認得他——他不當信使已經很久了。

「奉船務官之令，我需要一匹精力充沛的馬。」信使說。「而你們得回頭。」

他的語氣令人擔憂，不過瑞根還是保持冷靜。「出了什麼事？」

「克拉西亞人，」信使說，「他們攻下雷克頓。有群難民往這個方向逃難，看不出來有沒有沙漠老鼠在追。」

「造物主呀，」瑞根說，「多遠？」

信使聳肩。「兩天，或許三天。如果沙羅姆追過來，相信我，你絕對不會想待在這裡。」

瑞根點頭，轉向德瑞克。「給他一匹精力充沛的馬，其他人掉頭回窪地。我和你們在那會合。」

「你要去哪裡？」伊莉莎問。

「你知道我要去哪裡。」瑞根說。「總要有人去警告伯格頓鎮民。」

「你不能一個人去。」伊莉莎說。

「沒得商量，伊莉莎。」瑞根說。「我不會讓妳跟來的。」

「阻止我看看。」伊莉莎搶先一步拉動轠繩，使馬離開他身邊。她是老練的騎師，除非她自己願意，不然很難抓到她。

「我們沒時間來這套。」瑞根說。

「對，所以別固執了，走吧。」伊莉莎說。

瑞根皺眉，不過還是轉向護衛。「羅伯特、納坦，把你們的馬交給信使，讓他可以換著騎。你們兩人和我們在伯格頓會合，剩下的人跟我們來。」他使勁踢馬，眾人朝伯格頓疾馳而去。

他們抵達伯格頓聖堂時，第七日禮拜儀式剛結束。信仰堅定的鎮民魚貫走出禮拜堂，聚集在院子裡吃吃喝喝，享受溫暖春天的午後陽光。

「去找鎮長，把消息告訴他們。」瑞根騎到拴馬柱時對德瑞克說。「我上次來伯格頓時，鎮長是個名叫瑪塔的女人，但那已經是十年前的事了。帶護衛一起去，在鎮長有時間思考對策前不要張揚。這些人需要撤離，而恐慌幫不了任何人。」

「我？」德瑞克問。「不是該由你……」

「我已經不在信使公會了，德瑞克。」瑞根說。「不該由我傳達消息，而且，如果想在伯格頓落入克拉西亞人手中前找出布萊爾，我還有其他事要忙。」

德瑞克抿起嘴唇，不過還是點了點頭，拴好馬，指示護衛跟著自己走向人群，找尋鎮長。

瑞根看到希斯牧師拄著拐杖站在禮拜堂門口，與出門的信徒握手微笑。他的肚子比上次見面時要大上一倍，不過看起來還是很健康。他的黑髮比灰髮多，眼中神采奕奕。

那雙眼在看到瑞根時瞪得老大，牧師丟下正在交談的一對老夫婦，轉身招呼他。「瑞根！」他張開雙臂。「感謝造物主，你來了。」

「我怎麼能不來？」瑞根說著與牧師緊緊擁抱。他半轉過身，指向伊莉莎。「我妻子，伊莉莎主母。」他沒提起克拉西亞人入侵的事。牧師很快就會聽說，而瑞根希望到時自己已出發尋找布萊爾。

希斯在拐杖允許的範圍內深深鞠躬。「妳的駕臨令我們小鎮蓬蓽生輝，女士。」

「別這麼說，」伊莉莎說。「我才深感榮幸呢。」

「我們的草皮屋頂和泥巴街道或許沒有傳說中密爾恩的石板地華麗，」希斯說，「不過鎮民都是好人。」

「果眞如此的話，我們就沒必要大老遠跑來了。」瑞根說。「什麼樣的好人會讓一個不滿十六歲的孩子獨自在裸夜中遊蕩？」

「無知又害怕的好人。」希斯說。「我不是要幫鎮民說話，不過自從克拉西亞人攻佔來森堡，伯格頓鎮民就越來越不信任外人了。」

「印象中他們以前也沒好到哪去。」瑞根說。「而且情況還會持續惡化。」

「呃？」牧師問。

「別管了。」瑞根說。「你確定看到的是布萊爾？」

「造物主爲證。」希斯說，拄著拐杖走出門口的陰影，來到陽光下。「他已經偷吃第七日獻禮好多年了。」

「好多年？」瑞根氣得喉嚨幾乎哽住。「好多年？而你現在才寫信給我？」

「別動怒，信使，」希斯揚手說道，「我不會爲了聖堂獻禮遭竊這種小事大老遠送信到密爾恩去。搞不好你專程趕來，結果發現是松鼠幹的。」

伊莉莎握著瑞根的手，他這才發現自己手握成拳。他鬆手，深吸一口氣。

「請原諒我丈夫，」伊莉莎說，「過去幾週，他心裡就只掛念著布萊爾的安危，迫不及待要展開搜索。請繼續。」

「沒什麼原不原諒的，」希斯朝瑞根比劃魔印。「那些話都是出於對布萊爾的愛，造物主審判你的心時也會這麼評斷。」

瑞根強迫自己忍耐。他向來不信教。

「幾年來我一直想抓到這個小偷，」希斯繼續說道，「在每扇門、每扇窗上放鈴鐺，自己睡在聖壇上，所有想得到的辦法我都做了。不過只要我一睡著，或是一轉身，獻禮就不見了。」

希斯伸出一根代表勝利的手指。「但後來我靈光一現，在盤蓋裡面裝鈴鐺。我當時躲在前廳，聽到鈴鐺響時，」他雙掌使勁一拍。「立刻衝出去！把他逮個正著。他身上髒兮兮的，也長大不少，不過肯定是布萊爾．達馬吉。」

「那怎麼可能呢？」瑞根問。「一個六歲的小男孩在裸夜中生存了十年？」

希斯攤手。「我祈禱奇蹟出現，或許造物主幫那個可憐孩子留了一場奇蹟。」

「我也看到他了。」他們三人轉身看向說話的人。她約莫十六歲，就密爾恩的標準來看還是個孩子，不過在偏遠村落已經算得上成年女人。她很眼熟，但瑞根想不起來是誰。

「孩子，你這話是什麼意思？」希斯問。「看見誰了？」

「布萊爾・達馬吉。」女孩說。

「喂，塔米！」一個男人叫道。瑞根抬頭看向她的家人，終於知道自己爲什麼覺得她眼熟了。馬森・貝爾斯被瑞根打掉牙齒的位置依然會漏風。

「我有幾次發現他看我，」塔米說。「在院子對面的豬根叢裡。」

馬森大步走來。「喂，女孩。妳以爲妳在幹嘛，竟敢打斷牧師和別人說話？」

「請等一等，馬森，」希斯說，「塔米正告訴我們她看到布萊爾・達馬吉的事。」

「黑夜呀！」馬森叫道。塔米被他瞪得表情畏縮。「不要又給我胡扯那個泥巴男孩的事了，女孩。」

「你也有看到他。」塔米鼓起勇氣爭辯。

馬森搖頭。「我看到有個小鬼偷看妳彎腰擠牛奶，但還沒看清楚他就跑了。他有可能是這座臭城鎮裡隨便哪個活生生的小鬼，肯定不會是什麼天殺的鬼魂。」

他一臉抱歉地轉向牧師。「這女孩對她所有朋友講了那個鬼的事，現在鎮上半數孩子都在胡扯什麼見過泥巴男孩了。」

「另外那次呢？」塔米問父親。

馬森兩眼一翻。「那次就是她徹底瘋了。」

「怎麼說？」希斯問。

塔米低頭看腳。「我有天晚上在窗口看到他偷擠梅貝兒的奶。」

「那肯定是頭半惡魔，」馬森說，「才敢在裸夜裡遊蕩。妳要嘛就是見鬼了，不然就是什麼都沒看見。」

希斯咳嗽。「是呀，好吧。謝謝妳，塔米。祝你有美好的一天，馬森。」馬森嘟噥一聲，抓起塔米的手臂掉頭就走。

「再問件事，」瑞根問，兩人停下腳步，「看到那男孩時，妳自己面對哪個方向？」

「東方，」塔米說，「去垃圾場的路。」

瑞根點頭，取出一枚金陽幣。這種錢幣在密爾恩的上層社會很常見，不過在伯格頓這種偏遠村落，半數鎮民從沒見過黃金，另一半則從沒碰過。或許這點錢在他們逃命時能派上用場。

「感謝妳的協助。」瑞根把金陽幣交給塔米。她和馬森目瞪口呆地看著錢幣，搖搖晃晃離開。

第六章　地心魔物　333AR　秋

「這解釋了他如何躲避惡魔的魔爪。」伊莉莎在他們接近伯格頓鎮的垃圾場時說，她一手在鼻前搧著。「惡魔受不了這股惡臭。」

他和伊莉莎趁著伯格頓鎮民還聚集在聖堂院子裡，向當地孩童詢問泥巴男孩的事，每聽完一個新故事就支付一枚銀星幣。多數故事都是一聽就知道在鬼扯，不過其中有兩、三個似乎可信，深入詢問後，瑞根很肯定他們都看到……某樣東西——某樣所有可信的消息來源都指向伯格頓垃圾場的東西。

「光用惡臭根本不足以形容這座垃圾場。」瑞根說著打扁後頸上的蚊子。「泥沼地的空氣本身就會散發惡臭。而這裡？根本是極品。泥沼惡臭加上腐爛屍體，還有……」

「會在孩子生病一晚後的尿布裡看到的東西。」伊莉莎說。

瑞根一陣反胃，不過把嘔吐物又嚥了下去。「所以，如果布萊爾眞的在這裡，而不是什麼潭普草故事的話，我們更要找出他，然後盡量遠離此地。」

「你不信？」伊莉莎問。

「大家都知道希斯愛喝自己釀的麥酒。」瑞根說。「妳從他臉上那些斷裂的血管就可以看出來了，而且當時還是第七日。俗話說，最嚴重的宿醉就是牧師在第一日早晨的那種宿醉。」

「那女孩發誓曾看到他。」伊莉莎說。

瑞根點頭。「對，不過失去朋友的小孩自以為看見死去的朋友也是很常見的情況。」

「黑夜呀，我也有這種情況。」伊莉莎說。「我敢發誓，上週才在安吉爾斯街上看到卡伯。」

他們沿著垃圾場繞圈，騎過一堆堆垃圾，熟悉附近的地勢。

垃圾場到處都有植物。大多是雜草，不過有用的植物也出奇地多。乍看雜亂無章，不過繞到第三圈時，瑞根開始覺得這些植物生長的地點並非巧合。他滑下馬鞍，檢視那些植物。

伊莉莎跟著下馬，蹲下去撥開葉子，檢視草莖與濕土交會處。「這些是有人刻意種的。」

瑞根起身。「對，但並不代表是布萊爾種的，可能是撿破爛的，或是他們家人。如果能忍受惡臭，這裡的土壤確實挺肥沃。」他們回到馬鞍上，再度開始繞圈。

附近的懸崖是鎮民推排泄物來倒的地方，地面有許多通往崖邊的車輪痕跡。附近其他區域都堆著比較堅硬的垃圾，世世代代的垃圾積成一座座小山。垃圾山邊緣就是泥沼地，綿延數哩，消失在難以看穿的濃霧中。

「我們從沒討論過找到他後該怎麼做。」伊莉莎說。

「這還用問嗎？我們帶他回密爾恩。」瑞根微笑。「這又不是我第一次帶流浪兒回家。」

「萬一他不記得你呢？」伊莉莎問。「萬一他不想和你走呢？」

瑞根聳肩。「那就為了他好，把他拖走。他總不能一輩子像頭野獸般住在泥沼地裡。」

旁邊的草叢中突然有了動靜，兩人立刻停馬，望著聲響傳來的方向——一叢豬根，草莖依然微微晃動著，不過剛剛並沒有風。

「布萊爾？」瑞根大聲叫道。「孩子，是你嗎？」

沒有回應，草莖恢復原位。不過感覺仍不大對勁，瑞根駕馬走入豬根叢，仔細察看。

正當他以爲自己看錯了的時候，一道模糊的黑色身影突然衝出草叢，掠過他身旁，把他的馬嚇得人立而起，狂踢空氣。等到瑞根讓馬冷靜下來時，剛剛的東西已經逃走了。

「妳有看到嗎？」瑞根問，駕馬離開草叢。他不等伊莉莎回答，逕自騎到一座比較紮實的垃圾山上，站上馬蹬東張西望。

伊莉莎很快來到他身旁。「我只看到一眼，不過對方體型太大，不會是兔子，說夜狼又太小了。我看到他衝過那條路，竄入那堆雜草裡。」她指著草堆說。

瑞根看到被踏過的草堆，訓練有素的目光輕易地找到雜草叢生中的蹤跡，就像找到信使大道上的地標一樣簡單。不管對方是什麼，總之都一路利用掩蔽物直奔泥沼地。他消失的地方還有霧氣擾動的跡象。

瑞根滑下馬鞍，拿起夜袋、矛和盾牌。「打樁繫馬，架設魔印圈。我天黑前回來。」

伊莉莎指指夜袋。「如果天黑前就回來，你幹嘛要帶武器和攜帶式魔印圈？」

「這是常識。」瑞根說。

伊莉莎雙手抱胸。

瑞根嘆氣。「我會留下標記。圍好馬後就趕上來，我們只剩幾小時的陽光了。」

瑞根打扁另一隻蚊子，吞下嘴裡的髒話，以免洩露行蹤。足跡並不好找，不過他們的獵物走得很急，在泥沼地的泥巴上留下了難以掩飾的腳印。兩隻鞋印不相同，不過就尺寸看來肯定是個少年。這依然不能證實是布萊爾，但瑞根很想相信他是。

「我承認，我在溫暖的大宅裡對信使的生活充滿憧憬。」伊莉莎拍扁一隻喝了她手背很多血的蚊子。「有時候聽你說起那些城市和景色，我甚至會有點嫉妒。」

「吟遊詩人的歌曲裡只會提到信使生活中令人嚮往的部分。」瑞根說。「他們不會歌頌蚊子。」

「或是在泥濘中行走，直到鞋子完全濕透。」伊莉莎同意。「感覺像是穿著兩塊冰走路。」

「回到馬那裡去晾乾。」瑞根說。「我很快就回去。」

「跟我回去，」伊莉莎說，「我們可以白天再來找。沒理由一定要找到天黑。如果那是布萊爾，他晚上一定有安全的地方過夜，不然不可能撐這麼久。」

一隻肥蚊子停在瑞根鼻尖。他本能地動手去打，結果臉上重重挨了一下。伊莉莎伸手摀嘴，掩飾笑容。痛楚慢慢消退後，瑞根吐出一口長氣。「是，或許妳說得對。我們回頭吧，不過我不認爲沼澤惡魔會比這些天殺的蚊子可怕。」

伊莉莎看了看四周，收起臉上笑容。「你在這團濃霧裡找得到路出去吧？」

瑞根微笑，伸手一指。「我或許又胖又老，不過當信使的第一課就是學會辨識北方，就算喝得酩酊大醉、東倒西歪也辦得到。」

「你厲害。」伊莉莎說。

瑞根邁步朝營地走去，卻一腳踩進一個污水坑。他倒向前方，腳踝傳來一陣劇痛。

「操他媽天殺的惡魔屎！」瑞根吼道。

伊莉莎立刻趕到他身邊。「保持冷靜。」她伸手到泥巴裡去拔他的腳踝，但靴子說什麼也拔不出來。瑞根在她把他的腳拔出靴子時再度大叫。她將他拖到一塊比較乾的泥炭上。

瑞根深吸口氣，試著轉動腳掌。這個動作再度掀起一陣陣抽痛，不過所有關節都還能動。「我想應該沒斷。找東西包紮一下，我應該就能跛著走回營地。」

比起說出口的話，他的語氣沒那麼自信，不過伊莉莎接受了字面上的意義，解下肩膀上的騎士領巾，在丈夫腳踝腫起來前將其緊緊裹住。她從泥巴裡挖出瑞根的靴子，他咬著根樹枝奮力穿回腳上。她接過夜袋和他的盾牌，讓他把矛當作拐杖使用。

他一拐一拐地走了段距離，不過他們比想像中更深入沼澤，而他的腳越走越痛。最後他終於撐不住了。

「我需要休息一會兒。」他說著癱在腐爛的半截樹幹上。

伊莉莎一直讓他維持尊嚴，現在她迅速上前。「你汗流浹背，我們得脫掉那身護甲。」

瑞根搖頭。「這是我父親的……」

「我知道。」伊莉莎伸手搭上他的後頸，輕撫他汗濕的頭髮。「他不會希望我們為了護甲送命。」

瑞根咬緊牙關，不過還是讓她幫忙解開繫繩。

「我們可以明早再派人來拿。」伊莉莎說。

「到早上就生鏽了。」瑞根說著丟下沉重的上半身鎖甲。「我也不會在大軍將至時要求護衛冒生命危險來找。」

瑞根深吸口氣，撐著矛起身。確實，少了四十磅的護甲走起路來要輕鬆多了。他認為他們有希望在天黑前趕回營地。

但他每跨出一步，腳踝都一陣劇痛，而且隨著腳踝在硬皮靴裡腫大而越來越痛。他們得割開靴子才脫得掉。

先是我的護甲，這下是我最喜愛的靴子，瑞根心想。接著他又走一步，腳踝完全無力支撐，導致他再度摔回地上。

突然間，靴子不算什麼問題了。他望向伊莉莎，擔心他們會不會死在這裡，為了一個或許根本不存在的男孩，孤伶伶地死在這座被造物主遺棄的沼澤裡。

他以為會在她眼中看到恐懼，但伊莉莎只是氣喘吁吁地東張西望，在沼澤中一望無際的濕地裡找到一大片泥炭平地。她滿意地點頭，走向瑞根，將他的手臂搭在自己肩上。

「妳在幹嘛？」瑞根問。

「你腳踝那樣，走不了多遠的，我又不能揹你。」伊莉莎說。「我扶你到那塊平地，然後架設魔印圈。」

「妳可以——」瑞根開口。

「我一直都很容忍你，瑞根，」伊莉莎說，「但是造物主爲證，如果你敢叫我把受傷的丈夫丟在沼澤裡，然後獨自逃生，到頭來，你會希望自己落在惡魔手中。」

瑞根沒力氣與她爭，前往那塊平地耗盡了他所有體力。抵達平地時，他幾乎全身體重都靠在她身上，而伊莉莎毫無怨言，把他放在平地中央，拿出緊急魔印圈。魔印圈裡會有點擠，不過足以抵擋惡魔一夜。

地面不太平坦，還很潮濕，稱不上完美地點，不過伊莉莎信心十足地架設魔印圈。瑞根奮力在空地中央坐起身來，開始生火。

今晚將十分漫長。

瑞根凝視著黑暗。穿過濃霧而來的日光已經十分黯淡，陰影長而深邃。即使太陽還沒完全下山，也要不了多久。

「我已經盡力了。」伊莉莎說著走到他身邊。攜帶式魔印圈直徑十呎，不過這片泥炭地沒那麼大，一邊的坡度還有點陡。

瑞根趁著伊莉莎架設魔印圈時切割泥炭塊，讓她拿去墊魔印木牌。好幾塊魔印木牌都放在泥炭塊疊成的小柱子上，而其中兩塊木牌放在水流中如同橋墩般的泥炭柱上。另一塊則掛在污水坑上搖搖欲墜的突起泥炭上，其他塊放在一旁有泥巴水流經的平地上。

這些問題個別來看都不嚴重，但是這麼多地方沒有精準對齊，集合起來就可能大幅影響攜帶式魔印圈的威力。魔印還是會起作用，保護他們身周的區域，魔印連結在一起產生的魔法組成魔印網，這些魔力線條會在他們四周形成一個圓頂狀的魔法力場，而瑞根和伊莉莎的性命就取決於此。

「妳架設魔印圈的技巧高超。」瑞根說。「等我們回到密爾恩，魔印師公會會頒發獎章給妳。」

伊莉莎微笑：「我聽說公會長會發那種獎章給和他睡過的魔印師。」

「只有救過我性命的才發。」瑞根慢慢站起。休息讓他好過一點，喝下一點苦苦的薑根粉也有幫助。現在痛楚麻痺了，腫也消了些。他還是無法跑步，因此惡魔首度測試魔印時，他們兩人的臨場反應就是活命與否的關鍵。

魔印網會有漏洞，而不確定的因素太多，無法猜測漏洞出在哪裡。不過當地心魔物攻擊魔印圈時，魔印會吸收惡魔的魔力，使魔印網發光。

魔光稍縱即逝，如同烏雲密布的天空閃過電光，不過短暫的魔光已經夠讓他們——還有惡魔——看出漏洞所在。

如果漏洞很小，或是容易防守，他們就能看見黎明；如果很大，瑞根就有機會使用魔印矛阻擋惡魔，讓伊莉莎調整木牌。

「隨時都會現身了。」他說。

伊莉莎點頭，瑞根再次爲她眼中的堅定折服。他本來以爲她只要一看到惡魔就會嚇壞，但伊莉莎就與任何信使一樣冷靜。

瑞根在內心想像著兩人一輩子結伴同行的模樣，而不是一直分隔兩地。少數幾對信使曾經這麼做過，不過伊莉莎是貴族出生，絕不可能這樣跟著他跑。

他眼中泛著淚光，想著從前虛度的光陰。伊莉莎看到他哭，輕輕擦拭他的淚水。「沒事的。一年後，我們會在魔印店裡爲了該如何管教可憐的布萊爾而爭吵。」

他微笑，只覺得言語難以表達自己對她的愛意。

但接著一頭沼澤惡魔衝出濃霧，魔印網光芒大作。伊莉莎的目光轉向魔印網，尋找漏洞，而瑞根的注意力集中在惡魔身上。地心魔物應該被魔法反彈開才對，不過實際情況並非如此。它的爪子劃過魔印網，發出類似一千片指甲刮過寫字石板的聲音，魔法啪啦作響，爆出點點電光。

「整個魔印圈都很脆弱。」伊莉莎說。魔印網在惡魔的觸碰下持續發光，像是電燈泡的燈絲一樣，在附近的霧氣上映射出明亮的光芒。

他們立刻掃視魔印網的線條，發現了好幾道縫隙。其中一道能讓惡魔從魔印網下方挖洞進來——在柔軟的泥炭地上很容易挖掘——不過惡魔都不太聰明，可能不會想到要這麼做。

其他縫隙大多小到不容惡魔通過，不過沼澤惡魔的爪子讓魔印網持續發光，附近其他惡魔很快就會趕來。

最危險的部分在他們頭上。魔印網應該要形成一個圓頂保護力場，但這麼多木牌沒有對準，讓力場有許多處都傾斜了，有些地方傾向內側，有些地方傾向外側，結果就在他們頭頂上形成了一道寬兩呎的不規則縫隙。

「瑞根！」伊莉莎把他從沉思中拉回現實，指向一側。

又有兩頭惡魔從濃霧中現身。上方傳來一聲尖叫，發光的魔印網也引起了風惡魔的注意。

其中一頭惡魔攻擊魔印網，不過那地方的木牌有對準。惡魔向後彈開，在十幾呎外的泥炭地上撞出深深的凹痕。

瑞根微笑，不過沒笑多久，另一頭惡魔的爪子劃過魔印力場，抓住一條縫隙。伊莉莎大聲尖叫，在惡魔長長的手臂穿縫而過時向後跳開，爪子離她的臉不過幾吋之遙。

不過，惡魔還是無法通過發光的魔力線，肩膀卡在魔印網上。它在魔法滋滋作響時痛苦慘叫，一陣陣魔力衝擊它的身體，不過人類獵物近在眼前，它說什麼也不肯放棄，使盡力氣往裡面擠。

直徑十呎的魔印圈在正常運作下夠大了，然而若惡魔從四面八方伸爪進來抓他們，圈內安全的空間就所剩無幾。

「它卡住了。」伊莉莎喘口氣說。「它進不來。」

「那關係不大。」瑞根說。「這裡的騷動會把方圓數哩內的惡魔全都引來，它們能靠數量壓垮魔印。」

「我們該怎麼辦？」伊莉莎問。「它那樣亂抓，我沒辦法調整木牌。」

瑞根提起矛，冷冷直視沼澤惡魔沒有眼瞼的大眼。地心魔物徒勞無功地抓著空氣，使勁想要抓到他。「我只好請它安靜了。」

他踏步上前，行雲流水般刺出魔印矛。他的腳踝一陣劇痛，卻彷彿遠方的一道閃光，對現在的他而言成了件非常遙遠的事。他的心中只剩下那頭惡魔和他的矛。

魔印形成惡魔無法通過的力場，而力場對他的矛而言只是空氣。沼澤惡魔堅硬而黏滑的皮膚足以抵擋任何攻擊，但亞倫刻在矛頭上的魔印發光，刺穿了惡魔的胸口。

魔力竄上矛柄，進入他的手臂，在他體內灌注魔力。亞倫提過這種效果，不過瑞根從未親身感受。傳言根本不足以形容那種感覺。瑞根的肌肉充滿了力量，掃空所有疲憊感。腳踝上的痛楚舒緩，讓他能再度支撐身體。

這下他了解亞倫對抗惡魔成癮的感覺了。惡魔痛苦大吼，朝他亂揮亂打，而瑞根從來沒有這麼迅速靈巧過，輕易就躲開對方的鉤爪。體內魔力充沛讓他感到欣喜若狂，彷彿永生不死。他們會活過今晚，就算他得殺光沼澤中所有惡魔。

他不太情願地拔出魔印矛。武器卡得很緊，但是瑞根提起強壯的手臂，不斷拉扯惡魔上前撞擊魔印網，終於矛頭脫離它的身體，惡魔倒地死亡。

黑夜呀，瑞根對自己說，感覺肚子突然空了。*我剛剛殺了頭天殺的惡魔*。里蘭曾告訴他，戴爾沙羅姆每晚都殺惡魔，但在這之前，他心裡有一部分不肯相信。

騷動引來了更多惡魔。它們迅速包圍脆弱的魔印網，爭先恐後地測試魔印。

其中一頭找出另一條縫隙，伸爪進來，不過在瑞根採取行動前，另外兩頭惡魔撲了上去，殺死那頭惡魔，啃咬它的手臂，讓半截手臂掉在魔印圈裡。

伊莉莎偏頭不看，就連瑞根也覺得腹部翻攪。接著那兩頭惡魔開始自相殘殺，爲了爭奪魔印網縫隙而大打出手。又有兩頭惡魔找到縫隙，現在四面八方都有魔爪伸進魔印網。

瑞根拿起盾牌，站穩腳步，刺向任何接近縫隙的惡魔。矛上的魔印十分飢渴，在魔印光照耀下刺入地心魔物的身體，濺出滋滋作響的膿汁。不過不是刺中惡魔的每一擊都致命，而進入他體內的魔力只相當於惡魔體內一小部分的魔力。許多惡魔中矛後退，不過片刻過後又回來攻擊。

他退回魔印圈中央的安全區域喘口氣。瑞根依然渾身充滿力量，腳踝現在只隱隱作痛，但狂喜消失了，現實考量再度回到心裡。他會奮戰到底，然而惡魔實在太多，而且很可能還有更多。

他們要死了。

一頭沼澤惡魔擠不進來，於是跳到另一頭惡魔背上再高高躍起，鉤爪抓住魔印網上方的裂縫。魔印圈在它奮力往上爬的同時綻放蛛網般的魔光。惡魔準備撲下，並朝魔印圈裡吐了一大口泥沼唾液。

瑞根把伊莉莎拉到身邊摟住，順勢舉起盾牌。就聽到啪嗒一聲，泥沼唾液自盾牌上的魔印彈開，濺向四面八方。他揮開盾牌，趁惡魔跳入魔印圈前搶先拋出魔印矛。

武器才剛脫手，瑞根立刻知道自己犯了錯。魔印矛正中地心魔物胸口，而惡魔帶著武器向後倒下，落在距離魔印圈十餘呎外的地方死去。

一滴滴泥沼唾液如同鼻涕般黏在他們衣服上，唾液已經開始腐蝕冒煙，但四面八方都有魔爪亂抓，他們根本沒空去管那個。他們縮成一團，慢慢轉身，躲在盾牌後狹小的安全空間裡。

整個魔印網劇烈晃動。瑞根渾身緊繃，順著力場扭曲的現象找出扭曲源頭。泥沼唾液擊中水流中兩根泥炭柱上魔印牌間的繩索。繩索冒著煙，隨時都可能會……

繩索斷了，四分之一魔印網隨即消失。地心魔物繃緊肌肉，衝向缺口，打定主意要擠開同類，第一個進入魔印圈。

「準備跑。」瑞根說。

「跑去哪裡？」伊莉莎問。

「跑去拿矛。」瑞根說。「那是我們現在唯一的希望了。我用盾牌去擋第一頭闖進來的惡魔，把它彈回其他惡魔身上。那應該會讓妳有機可乘。」

「我不會使矛。」伊莉莎說。

「把矛尖插到惡魔體內。」瑞根說。「沒有繪製魔印那麼複雜。」

最大的一頭惡魔擠到最前方，衝入缺口。瑞根站穩腳步，準備用魔印盾牌擋住它，心裡清楚這麼做根本沒用。

一陣突如其來的吼叫聲響徹夜空，所有沼澤惡魔隨即僵立不動。瑞根並未因而寬心，因爲他很熟悉那叫聲。就算逼近的石惡魔能驅退沼澤惡魔，也只是爲了要親自殺了他們。

不過石惡魔怎麼會出現在天殺的伯格頓？石惡魔在密爾恩很常見，它們需要有大片天然岩面才能浮現到地表——雷克頓濕地裡很少有這種地形。

吼叫聲再度傳來，這一次更接近了，不過聽起來……有點怪。叫聲中有一種他從未聽過的共鳴，是沼澤中不該出現的回音。

他在濃霧中看見火惡魔的橘光，而且越來越明亮。好像一群沼澤惡魔和一頭憤怒的石惡魔還不夠多似地。

火惡魔衝向魔印力場還沒失效的方位，但當地心魔物衝出濃霧，口中冒著橘焰吼叫時，魔印並沒有擋下它。

瑞根和伊莉莎僵在原地，惡魔拖著一道令人窒息的濃煙跑過他們身邊。它跳到缺口前，向困惑的沼澤惡魔噴火灑煙。

「那不是惡魔。」伊莉莎說。

瑞根瞪大雙眼。被他誤認為火惡魔的是個尚未成年的男孩，身穿破破爛爛的衣服，還抹了層厚厚的沼澤泥巴。他背上揹了副沙羅姆圓盾，一手抓著一把豬根莖，草莖末端冒著油膩膩的刺鼻濃煙。他來回揮動火把，製造出一面煙牆。他的另一手裡有片捲成圓錐狀的樹皮。就在瑞根眼前，他將錐尖那一端拿到嘴前，發出一陣聽起來類似石惡魔的吼叫聲。

沼澤惡魔開始咳嗽，當男孩往他們的方向後退時，惡魔沒有立刻跟上來。

「地心魔物討厭豬根煙。」男孩斷聲說道，目光始終透過濃煙盯著惡魔。他講話不清不楚，瑞根得全神貫注才能聽懂。「會讓它們咳嗽嘔吐。看我，跟著做。」

即使他還有絲毫懷疑眼前這個男孩是否為里蘭的兒子，在看到男孩開始跳他那位沙羅姆朋友從前用來迷惑地心魔物的搖擺舞蹈後，心中的疑慮也一掃而空。跨步向右，跨步向左……半打沼澤惡魔不約而同地轉頭看著他動。

瑞根在男孩開始移動前就知道他會往哪裡走了。他牽起伊莉莎的手，如同新手跳起一段熟悉的舞步般，跟上布萊爾冷靜謹慎的步伐，往左四步，往右四步。男孩在他們向左跨出六步、輕數呼吸時拋下燃燒的豬根莖，遮蔽他們的身影。吸到第三口氣時，他們同時拔腿就跑。瑞根在路過時撿起自己的矛，把盾牌交給伊莉莎。

他們很快就擺脫了那群沼澤惡魔，布萊爾領著他們左彎右拐地穿越樹林。一開始他這些突然停步、驟然轉向似乎都是臨時決定的，但很快地他們就發現這是條預先設定好的路線。一棵大樹橫倒在地，樹根高高在上，遮蔽了月光，掩護他們改變方向。一條淺溪沖刷掉他們的足跡和氣味。他們彎腰前進，藉著一座矮丘掩護前進了整整一百碼。

瑞根早在看見垃圾場前就聞到了那股惡臭。他們繞了整整一圈，跟蹤布萊爾進入沼澤實在是太蠢了。男孩是故意把他們引開自己的藏身處，讓他們在沼澤中迷路。如果他們待在原地等……

「小心！」伊莉莎大叫並揚起盾牌。一陣魔光閃過，她被撞擊的力道彈到他身上。他們摔到野草和泥巴中，濺起大片水花。

瑞根摔得頭下腳上，同時瞥見衝過來的濕地惡魔——一種比沼澤惡魔更大、更危險的惡魔。它貼地而行，長有粗糙鱗片和短小四肢，四肢末端的倒鉤利爪長而利於爬樹。濕地惡魔一口就能把人從頭咬到胯下，尾巴甩動的力道可以擊碎木籬笆。

瑞根暈眩，眼裡有泥巴，他奮力想舉起魔印矛，但伊莉莎翻在他身上，持魔印盾牌保護兩人。濕地惡魔狠狠撞上他們，卻沒有引發任何閃光，盾牌也沒有震退惡魔的衝擊。出現的只有惡魔利爪收緊並撕裂鋼盾所發出的刺耳聲響。盾牌上的魔印都被泥巴遮住、失去功用了。瑞根透過盾緣看向惡魔的血盆大口，然後立刻希望自己沒有這麼做。

但接著一個小葫蘆擊中盾牌後粉碎，瞬間一團豬根粉末直接噴進惡魔的大嘴。瑞根淚流滿面，大打噴嚏，不過惡魔的反應更激烈，它翻身倒地，喘不過氣。

布萊爾再次現身，扶他們站起身來。伊莉莎把扭曲無用的盾牌丟在惡魔身旁的泥巴裡。惡魔不停抽搐，吐了一堆胃液和泥沼唾液在自己身上。

「地心魔物很快就起來。」布萊爾以其野獸般的嘶啞聲音說道。「我們趕回荊棘叢。」

雖然根本不懂那孩子說什麼，瑞根還是點點頭，和伊莉莎以最快的速度跟著男孩衝入垃圾山。他聽見後頭傳來惡魔掙扎起身的聲響。瑞根的腳踝劇痛又開始了，每走一步就變得越嚴重。伊莉莎扶著他，支撐他越來越重的身體。他再度把矛當拐杖用，好像想在慶典時兩人三腳比賽中得冠一樣。

然而惡魔跑得更快，一雙短腿以駭人的速度移動。它逐漸進逼，瑞根知道自己不可能在被追上前抵達那個男孩要去的地方。

布萊爾也看出了這點。他退到瑞根身後，指指一座垃圾山旁茂密的豬根叢。「往那裡跑，不要停。」

就這樣，他停下腳步，大喊一聲，吸引惡魔的注意。他不是在模仿惡魔的叫聲，而是人類小孩的叫聲。無辜，無助——有什麼叫聲更能吸引惡魔注意？

這叫聲令瑞根心碎，但他還是繼續前進。那個男孩應該嚇壞了才對，應該要依賴瑞根指引才對，然而布萊爾的話充滿自信，就像信使對第一天在外露宿的旅人說話一樣，瑞根發現自己信任他。

現在伊莉莎已經在半拖半拉，支撐他提起疼痛的步伐向豬根叢前進。瑞根沒有看向目的地，而是看著惡魔發現布萊爾後嘶吼一聲，展開追逐。由於專注在眼前的獵物上，它跑過瑞根和伊莉莎，直奔山丘，遠離他們。

瑞根還記得這座山丘，丘頂就是鎮民傾倒排泄物的地方。如果布萊爾不盡快改變方向就會受困。濕地惡魔也發現了，於是加緊衝刺。

他們跌進豬根叢，然後就看不到了。他們停了下來，透過草葉間的縫隙觀看。太遲了。就著月光下的輪廓，他們眼睜睜看著惡魔撲上布萊爾，兩者一起跌落山崖。

「布萊爾！」他們同聲叫道。

惡魔摔了下去，一邊吼叫一邊滾落布滿糞便和垃圾的陡坡，而布萊爾的身影卻趁著月色掛在崖邊，然後盪了上去。瑞根這時才看見那條自斷崖旁的樹枝垂落的藤蔓——布萊爾是故意引惡魔過去摔落山崖的。

「黑夜呀。」伊莉莎說。

布萊爾跑回他們藏身的豬根叢，領他們來到一張斜靠著垃圾山的破桌子前。他拉開桌子露出一條狹窄空間。伊莉莎先進去，在瑞根慢慢爬入時拉著他一起前進。布萊爾最後進去，將桌子拉回原位。

裡面一片漆黑，空間僅容瑞根平躺在地。瑞根肩膀靠著牆，腳就可以碰到對面牆，就算跪下來，他還是得低頭才不會撞到頂。這裡就是布萊爾這些年來睡覺的地方？一座垃圾山下的小黑洞？

伊莉莎抖了抖。「裡面比外面冷。」

「沒有煙道。」男孩說。「通風。」他拿火鉗夾起一塊小煤炭吹亮，臉上隨即被一片橘光籠罩。他用手擋風，將煤炭夾去點燃火爐裡的碎木柴。沒多久，一團溫暖的火堆就照亮了布萊爾的黑洞。

他們似乎身處一台老舊拖車底下，車腹就是他們的屋頂。後輪不見了，布萊爾胡亂架上了木板去支撐車軸。布萊爾就著前輪的車輻往垃圾堆裡挖了幾個小凹洞儲物。地上鋪著破毯子，牆壁是從別處拆下來的木板，裂縫處都補好了。其中一面牆是用一扇舊門板做的，另一面則是用木桶、半張桌子，還有一張每格抽屜都不一樣的梳妝台組成。遠處對面看起來似乎還有半扇能開的門。

不只一個入口，瑞根心想。聰明。

每面牆上都有一排小凹洞，放著閃亮的石頭、玻璃、明亮的羽毛，或者修補過的木頭玩具。伊莉莎在毯子上發現一只小布娃娃，用不諧調的廢布縫製而成。布萊爾大叫，一把搶回來抱在胸前，伊莉莎差點哭了出來。

瑞根轉身，手臂不小心撞到牆，引發一陣疼痛。他呻吟。

伊莉莎立刻握住他的臂膀，拉開破碎的衣袖，發現一排爪痕。傷口很臭，瑞根懷疑自己在此事結束前就會失去這條手臂。他伸手去取藥草袋，但藥草袋不在腰帶上，八成在逃亡過程中落下了。

布萊爾遞給伊莉莎一塊布，指著牆上的木桶。「水。」

她點頭，打開木桶上的塞子，裡面是清水。他們清理傷口時，布萊爾從車輻的凹洞裡拿出研缽和藥杵。瑞根立刻認出來了。這兩件色澤優美的大理石器是他在密爾恩買來送給唐恩的結婚禮物。

他們讚歎地看著布萊爾拿著刀柄包起來的彎曲匕首切藥草。瑞根憑自己的藥草師知識知道，唐恩把這孩子教得很好。布萊爾用氣味很刺鼻的豬根藥膏塗抹傷口，然後拿一根彎針在火上消毒，幫他縫合傷口。

「謝謝你。」瑞根說。

「不能帶我走。」男孩斷聲道。「我不答應。」

「我們不是要——」伊莉莎開口。

「聽到你們說話了。」布萊爾打斷她，轉頭望向瑞根。「拖走，你說。」

瑞根深吸口氣，他感覺出男孩縫合傷口的手指緊繃。只要說錯一句話，布萊爾八成會立刻奪門而出，天知道他們還有沒有辦法再找到他。

「你記得我嗎？」他終於說。「我是你父親的朋友。」

男孩打量瑞根，眼白在骯髒泥濘的臉上格外顯眼。「帶糖果來的信使。」

瑞根點頭。「你父親救過我的命。我承諾過，如果他出了什麼事，我要照顧你。」

「我不需要人照顧。」男孩說。

瑞根點頭：「對，你已經是個男人了。但如果你願意，我想當你的朋友。」

「沒有朋友。」男孩說。「沒人想看到泥巴男孩。丟石頭。走開，泥巴男孩！拿開你的臭手，泥巴男孩！」

瑞根搖頭。「沒那回事，布萊爾。我是你的朋友。」他比向妻子。「伊莉莎也是。希斯牧師，還有塔米．貝爾斯，他們請我來找你。」

布萊爾瞪大雙眼，沒有回話，瑞根知道自己找到男孩護甲上的縫隙了。「她很擔心你，布萊爾。我們都是。」

布萊爾搖頭，低頭掩飾一聲哽咽。瑞根伸手摸他，但男孩瞪他，他立刻住手。

「你不知道我做了什麼。」他說。「艾弗倫在懲罰我，我沒資格交朋友。」

「沒那回事，」伊莉莎說，「你有可能做錯什麼事？」

布萊爾泥濘的臉皺成一團，這回再也壓抑不住啜泣。他開始嚎啕大哭，瑞根再度伸手，而他只是象徵性地反抗。男孩渾身都是糞便和豬根味，但瑞根彷彿抱著自己剛出世的孩子一樣輕輕抱著他。

「沒分享糖果，」布萊爾在哭得沒有那麼激動後說，「沒聽話。」

他又哭泣了起來。「忘了要開煙道。」

瑞根凝視著小火堆，想起達馬吉家焦黑的殘骸，立刻明白是怎麼回事了。

造物主啊。

「不是你的錯，布萊爾。」他輕聲道。男孩沒有任何反應，不過片刻過後，他不再啜泣，最後睡著了。

瑞根突然驚醒，發現自己獨自待在那個小洞穴裡。他一陣恐慌，深怕布萊爾又跑掉了，如同夢境般突然消失。「伊莉莎！」他叫。「布萊爾！」

他根本不必害怕。他們就在外面的豬根叢等他，伊莉莎在一小團火堆上煮早餐，布萊爾則偷看著平底鍋裡的菜色。附近擺著他們丟在沼澤裡的攜帶式魔印圈，木牌都擦乾淨了，斷掉的繩索也用結實的細繩重新綁好。

「很高興看到你重返人間。」伊莉莎說。「布萊爾和我已經起床好幾個小時了。」

「我們得走了，」瑞根說，「越快越好。」

布萊爾搖頭。「不走，家在這裡。」

「有人要來了。」瑞根說。「你父親當初就是爲了避開那些人而離開沙漠。」

布萊爾點頭。「沙羅姆，有見過。」

「哪裡？」瑞根問。「多少？」

「兩個，」布萊爾說著，伸出兩根手指，「在樹林裡，監視。」

「什麼時候？」瑞根問。

布萊爾聳肩。「第一日？」

瑞根吐口水。

「怎麼了？」伊莉莎問。

「如果他們一週前就派斥候來探路……」

一陣急促馬蹄聲打斷了他的話，瑞根抬頭看到德瑞克朝他們疾馳而來。他身穿護甲，但頭盔掉了，而頭髮上有血。

德瑞克直接騎到他們面前才緊急停步。馬兒人立而起，前腳還沒落地，德瑞克已經跳下馬鞍。

「感謝造物主，你們沒事。我們得離開，立刻出發。」

「出了什麼事？」瑞根問。

「克拉西亞人，」德瑞克說，「前鋒部隊今早入侵洗劫伯格頓，防阻難民逃來這裡。」

「黑夜呀，」瑞根說，「多少人？」

「至少二十人，全都騎著高大的馬斯譚馬。」德瑞克說。「我們幫助伯格頓人抵抗，但即使我們人數比克拉西亞人多三倍……」他吞嚥口水。「他們殺了羅伯特和納坦，打斷史丹的腳。」

瑞根點頭。伯格頓人很勇敢，但並非戰士。至於克拉西亞人……他們一輩子都在打仗。伯格頓已經淪陷了。「其他人呢？」

「和剩下的鎮民躲在泥沼地裡。」德瑞克說。「我是來找你們，帶你們過去的。如果能避開幾哩大馬路，我們應該能把他們帶去窪地。」

「你們怎麼逃出來的？」瑞根問。

「他們本來在追我們，但後來被他們的隊長吹了號角召回。」德瑞克說。「他們似乎對掠奪財物和聖堂比較感興趣，主要目的不是殺人或抓人。」

「聖堂？」伊莉莎問。

「克拉西亞人對宗教很狂熱，」瑞根說，「如何處置鎮民端看凱沙羅姆的心情而定，但牧師是異端，是對艾弗倫的公然侮辱。他們會佔領聖堂，迎接達馬，然後殺了希斯——如果此刻還沒殺的話。」

「造物主啊。」伊莉莎說。

「我們得走了。」德瑞克再度說道。「立刻出發。」

瑞根點頭，他們已經幫不上其他忙了。「動作快，我們可不想在這天殺的泥沼地多待一晚。」

他轉向布萊爾。「你得跟我們走，這裡不安全。」

但男孩早就不見了。

布萊爾心跳劇烈，迅速穿越泥沼地。他看到村民在泥沼地中逃難，輕易推測出他們會在哪裡會合。沙羅姆想要追殺他們就得丟下馬匹，而就連斥候也會避開泥沼地。

沒人注意到他，人們全都在擔心自己的事。所有伯格頓鎮人都很熟悉泥沼地裡的地形，不過沒人熟到布萊爾這種程度。泥沼地中有無數個藏身處，讓他可以在急速前進時掩飾行蹤。

布萊爾翻牆而過，落在墓碑旁，看著聖堂院子裡的馬匹和男人。沙羅姆戰士冷酷地盯著垂頭喪氣的伯格頓鎮民，院子一側堆滿掠奪來的財物——泰半是食物和牲口。

聖堂中傳來摔東西的聲響，接著兩名沙羅姆抬著獻禮桌走了出來。他們把桌子搬到堆滿其他具有造物主象徵意義的破爛物品處。除了希斯的麥酒桶，他們似乎想把整座聖堂拆了。麥酒桶都小心翼翼地放在一旁，蓋子被打開了，戰士一邊喝酒，一邊監督慘遭毆打的伯格頓鎮民交出身上的財物。

其中一名沙羅姆揮矛擊中阿利克·伯格。「動作快，青恩，不然就把你也丟到火裡！」其他沙羅姆哈哈大笑。布萊爾已經很多年不曾聽過父親的語言了，而聽得懂的部分還是讓他感到不寒而慄。

布萊爾不打算等著被人發現，於是穿越墳場抵達聖堂的牆旁，接著迅速爬上屋頂。號角塔裡有個克拉西亞人，矛和盾都靠在欄杆上，手裡拿著根長管子，就著眼睛俯瞰全鎮。

當布萊爾翻過觀察兵身後的欄杆，對方並未看見或聽見他接近，不過夜晚幫助他在泥沼地隱藏行蹤的臭味這時卻起了反效果。戰士聞到布萊爾的味道，及時轉過身來，在兩眼之間擋下自己的矛柄。

看東西的管子喀啦一聲落地，戰士則順勢翻滾，控制落地的方位。布萊爾趁他起身前再度出手。他把矛當棒子揮，連敲對方腦袋好幾下，直到他倒地不動爲止。

布萊爾僵在原地，側耳傾聽，不過似乎沒人聽見他們打鬥。他脫下身上又髒又臭的破布，換上沙羅姆黑袍，然後輕手輕腳地步下台階，進入聖堂。

他很想戴上面巾遮臉，但父親的聲音浮現腦海，重新述說沙羅姆的傳奇故事。

戰士白天絕不遮蔽容貌。

他沒戴面巾，只在經過一名搬運華麗座椅的戰士時微微將臉側向牆壁。對方瞄了布萊爾一眼，點點頭，嘟囔一聲，然後繼續忙自己的。

聖堂內還有其他人，不過多年偷吃獻禮的經驗，讓布萊爾對聖堂的熟悉程度就與對荊棘叢的差不多。他避開所有人的目光，一路搜尋，最後一聲慘叫引他來到聖器室。

布萊爾往裡面偷看一眼，只見希斯牧師被綁在一張椅子上，面前站著兩名沙羅姆。兩人都身穿黑袍，不過其中一個脖子上掛著白色面巾，另一個則掛著紅色的。凱沙羅姆和訓練官，入侵者的領袖。

希斯鼻青臉腫，血水混雜汗水爬滿了臉龐。他的腦袋垂向一側，雙眼緊閉，氣喘吁吁。他之前在泥沼地中摔斷的腿還打著石膏。

訓練官在牧師的聖袍上擦拭拳頭上的血。「要帶他去見達馬嗎？」

凱沙羅姆搖頭。「他什麼都不知道。殺了他，把屍體插在院子的木樁上，給青恩上一課。」

訓練官點頭，拿出一支彎匕首，然而布萊爾搶先出手。訓練官才剛踏出兩步，布萊爾偷來的長矛已經擊中他的背。

另一名戰士回身大叫，布萊爾伸手從袍子裡抓出一把豬根粉，撒往對方臉上。豬根粉對人產生的效果不如對地心魔物來得那麼強烈，但布萊爾從經驗知道，細細的粉末對眼睛非常刺激。

布萊爾趁著沙羅姆伸手揉眼時矮身閃到盾牌後，接著直衝而上，把沙羅姆撞到牆上。對方悶哼一聲，使勁推擠，布萊爾順勢後退，再度撞上去，然後後退，用盾牌邊緣擊中凱沙羅姆的喉嚨。戰士跪倒在地，奮力吸氣，布萊爾雙手舉起沉重的盾牌，對準他的後腦狠狠敲下。

凱沙羅姆摔倒在地，布萊爾拿起匕首，割斷牧師身上的繩索。

「是誰？」希斯問。他一隻眼腫得睜不開，得轉過頭才能看清楚眼前景象。「布萊爾？」

布萊爾點頭。「要趕去泥沼地，其他人都躲在那裡。克拉西亞人不會追去。」

希斯牧師支撐著他起身。布萊爾給牧師一支戰士的矛充當拐杖，兩人一起走向聖堂後門。

「惡魔怎麼辦？」牧師問。「天黑後要怎麼求生？」

布萊爾微笑。「地心魔物很好躲。」

「看呀！是牧師！」一名女子叫道。

瑞根抬頭，看見希斯牧師跌跌撞撞地進入營地。他鼻青臉腫，大半體重都靠在布萊爾身上。男孩身穿克拉西亞黑袍，不過丟掉了頭巾，那張年輕、骯髒的面孔一眼就能認出來。

對瑞根而言。

「還有一隻天殺的沙漠老鼠！」馬森·貝爾斯大叫。他和他僅存的兄弟舉起沉重的泥炭鏟，伊莉莎才在上面刻上亞倫的戰鬥魔印。

「他不是和他們一夥的！」希斯叫道，在馬森領頭的幾個伯格頓鎮民迎來時舉起一手，上前擋在他們和布萊爾中間。「他是布萊爾·達馬吉！他從聖堂救我出來！」

「讓開，牧師。」馬森說。「所有人都知道，這些泥巴皮膚是被派來開路的間諜。」

「他們會這麼認爲都是因爲你見人就說，」希斯說，「我得說，完全沒有證據。」

瑞根推開人群，和他們站在一起。「布萊爾和入侵事件無關，馬森。事情發生時，他和我們在一起。他是聽說希斯牧師遭擒才和我們分開的。」

「那他爲什麼穿他們的衣服？」人群中有人問道，不少人重複這個問題。

布萊爾渾身緊繃，隨時準備開打或逃跑。瑞根知道馬森只要動手就會立刻後悔，然而伯格頓的鎮民太多了，他們應付不來，就算德瑞克、伊莉莎，還有剩下的護衛都加入他們這邊也一樣。

「偷來的衣服，」布萊爾斷聲道，「潛入用。」

馬森轉身，提高音量對人群說道：「不要被泥巴男孩騙了！他和他家人造成了這一切。這就是造物主因爲我們接納里蘭那個異教徒而降下的懲罰！」

「胡說八道！」希斯大叫。

「是胡說八道嗎？」馬森問。「那隻沙漠老鼠出現時，全鎮陷入騷動。現在他們的族人佔領全鎮，天知道在裡面搞什麼鬼！」

人群中有不少人點頭且出聲附和。瑞根握緊矛柄，看著馬森舉起鋒利的泥炭鏟指向布萊爾。

「現在你們給我退下，」他說。「讓我們剝這個小叛徒的皮洩憤。」人群中不少人摩拳擦掌，準備動手。

「看在造物主的份上，你們這些人究竟有什麼毛病？」群眾中有人尖聲大叫，蓋過吵雜的人聲。所有人轉過頭去，只見塔米．貝爾斯大步走到她父親和布萊爾之間。

馬森揚起拳頭。「女孩，妳給我……」

塔米不理他，徑自朝伯格頓鎮民說道：「你們都該慚愧！達馬吉一家人從沒做過任何有害本鎮的事，而我們從頭到尾一直唾棄他們。現在你們爲了淺嚐沙漠之血，竟打算攻擊要帶大家前往安全處避難的信使？」

馬森的眉頭越皺越緊，而其他鎮民已經開始改變站姿，低頭看腳，不確定該怎麼做。他伸手要抓她頭髮，但她後退一步，狠狠甩他一巴掌。

「黑夜呀，爸，」塔米說，「媽要是看到你做這種事會怎麼說？」

馬森目瞪口呆站在原地，隨著他氣勢受挫，其他人紛紛識趣退開。沒多久就只剩下貝爾斯兄弟獨自站在布萊爾、瑞根和他的護衛面前，不過氣焰也隨著支持者一起消失殆盡。

「我不會和那名信使去任何地方。」馬森終於開口。「伯格頓是我家，我不會把家留給沙漠老鼠。」伯格頓人看起來都不打算再度舉起武器，不過不少人都出聲表示贊同。

「你不必這麼做，馬森。」希斯大聲說，聲音嘶啞。「打從來森淪陷後，艾林牧者就開始擬訂應變計畫。湖岸有座三面臨崖、圍牆堅固的修道院，在克拉西亞入侵行動中存活下來的牧師都會把信徒帶去那裡會合。布萊爾和我會去那裡，加入反抗勢力。」

他看向伯格頓鎮民。「你們會在那裡和家人團聚，然後登船前往沙漠老鼠無法染指的雷克頓。但是穿越濕地並不容易。與信使離開或許比較安全，也比較容易。所有人都要自己下決定。」

伯格頓人很快就決定好了，全體一致通過，他們要前往修道院。

塔米與父親和叔叔一起走回人群，不過回頭偷看了布萊爾一眼。女孩臉上的笑容對男孩造成的衝擊，似乎不亞於她父親挨的那巴掌。

這下他絕對不會和我們去密爾恩了，瑞根心想，不過發現自己同樣面露微笑。

他看向伊莉莎，她點頭表示同意，於是他又轉向希斯。「我知道那座修道院。超過二十年沒去了，不過我還是找得到。我們會帶你們抵達修道院，然後走信使大道北上，避開克拉西亞人。」

瑞根望向布萊爾。「接下來幾年，雷克頓人會需要信使，布萊爾。一名能在晚上穿越泥沼地、假扮克拉西亞人、聽得懂他們語言的信使將有可能扭轉戰局。」

「父親……和你一起當過信使？」他講話依然有點吃力，不過已經越說越順了。

「沒錯。」瑞根說。「他學得很快，如果沒與你母親陷入愛河，本可成就一番大事業的。」

他伸手搭上布萊爾的肩。「不過你——布萊爾·阿蘇·里蘭——將青出於藍。」

《信使的遺產：魔印人短篇集》全書完

克拉西亞名詞解釋

Abban	阿邦／富有的卡非特商人，接受戰士訓練時變成瘸子。
Alagai	阿拉蓋／地心魔物（惡魔）。
Alagai'sharak	阿拉蓋沙拉克／對抗惡魔的聖戰。
Amit	阿密特／裝有義肢的殘廢戴爾沙羅姆，是阿邦在大市集裡主要的競爭對手。
Anoch Sun	安納克桑／曾是卡吉權力中心的失落之城，一般相信已長埋沙底。
Asu	阿蘇／「兒子」或「某人之子」，也是正式名稱的前綴詞。
Baha Kad'everam	巴哈卡德艾弗倫／以陶器聞名的克拉西亞外圍村落，於惡魔回歸後三〇六年遭惡魔摧毀。村名直譯為「艾弗倫之碗」，該村村民被稱為巴哈人。
Bazaar, Great	大市集／克拉西亞的商業區，在此做生意的都是女人和卡非特，因為商業活動有辱戰士與祭司的身分。
Camelpiss	駱駝尿／指低賤、粗俗、沒價值的東西或人。
Chabin	查賓／阿邦之父，卡非特。
Chamber of Eternal Srrow	永悲之殿／位於沙利克霍拉地底通道旁的拷問室，專用來對付異教徒和叛徒。
Chin	青恩／外來者、異教徒。這個字帶有侮辱的意思，用以稱呼懦夫。
Couzi	庫西酒／克拉西亞非法的肉桂烈酒。因為只要一支易於藏匿的小酒瓶內的酒就能讓數名男人喝醉，這種酒在黑市賣得很好。
Dal'Sharum	戴爾沙羅姆／克拉西亞戰士階級
Dama	達馬／克拉西亞的聖徒。達馬同時身兼宗教與世俗領袖。他們身穿白袍，不攜帶武器。所有達馬都是克拉西亞徒手搏擊術沙魯沙克大師。
Damaji	達馬基／部族領袖、高等祭司。達馬基議會是克拉西亞統治政權。

Dama'ting	達馬丁／克拉西亞聖女、醫生。據說達馬丁擁有魔法力量，所有非達馬丁階級的人對她們都很畏懼。
Desert Spear	沙漠之矛／克拉西亞城。北方人稱之為克拉西亞堡。
Dravazi, Master	德拉瓦西大師／巴哈卡德艾弗倫著名的陶器工匠，其作品在他過世後成為無價之寶。
Everam	艾弗倫／造物主。
Greenlander	綠地人／綠地的居民。
Green lands	綠地／克拉西亞沙漠以北的土地。
Jamere	詹莫瑞／阿邦的奈達馬外甥。
Kaji	卡吉／古代克拉西亞人領袖，在對抗惡魔的聖戰中統一各部族和已知世界。一般相信他是首任解放者，而解放者將會回歸。
Khaffit	卡非特／未通過戰士訓練而被迫從商的男人。克拉西亞社會中最低賤的男性階級。被迫換上與小孩一樣的褐衣並剃光鬍子，作為不名譽的標記。
Nie'dama	奈達馬／年輕的輔祭、受訓中的達馬。奈達馬字面上的意思為「不是達馬」。
Night veil	夜巾／戰士所戴的面巾，表示所有人在黑夜裡團結一致，都是平等的盟友。
Par'chin	帕爾青恩／勇敢的外來者，亞倫．貝爾斯的封號。表示雖然是青恩，但他並非懦夫。
Pig-eater	食豬者／克拉西亞髒話，意指「卡非特」。只有卡非特食豬肉，因為豬被視為不潔。
Sharik Hora	沙利克霍拉／「英雄骸骨」之意，這是克拉西亞城內以殉命英雄骸骨所建的大神廟。
Tribes: Anjha, Bajin, Jama, Kaji, Khanjin, Majah, Sharach, Krevakh, Nanji,Shunjin, Mehnding, Halvas.	部族：安吉哈、巴金、甲馬、卡吉、坎金、馬甲、沙拉奇、克雷瓦克、南吉、蘇恩金、梅寒丁、哈爾瓦斯。克拉西亞共有十二支部族，人們會在名字裡加入部族名。
Undercity	地下城／克拉西亞城地底下的巨型蜂巢式魔印石窟，每天晚上男人出戰時，城內的女人、小孩及卡非特就安安穩穩地待在地下城裡。避免遭受惡魔攻擊。

魔印寶典

概述

魔印是起源已不可考的魔法符號，長久以來一直被視爲迷信的產物，直到惡魔於消失數千年後再度返回地表、荼毒人間時，世人才重新發現魔印的力量。

魔印本身並沒有魔力。不過能吸取惡魔體內滿溢的地心魔力，改變魔力的功用。最常見的魔印本質上都是防禦魔印，少數魔印擁有其他效果。理論上，人類可以創造出任何功能的魔印。後來，攻擊魔印重新出世，能對不怕任何手持武器、能立刻復元所有傷勢的惡魔造成實質傷害。

防禦魔印

防禦魔印會從惡魔身上吸收魔力，形成惡魔無法通過的防禦力場（禁忌力場）。魔印在對付其對應的惡魔時效果最好，最常見的用法是與其他魔印一起組成魔印圈。當魔印圈啓動時，所有惡魔的軀體都會被迫驅離魔印圈。

魔印防禦對象：土惡魔

首度出現於：《大市集》

描述：土惡魔是克拉西亞沙漠外圍硬質黏土區土生土長的惡魔。體型矮小，約莫中型犬一般大，全身肌肉結實，還有層層厚殼。它們擁有短而堅硬的爪子，可以攀附任何岩石表面，甚至頭下腳上倒掛著。它們橘棕色的外殼可以與泥磚牆或土床完美融合。土惡魔的大頭能夠撞穿多數物體，擊碎岩石，壓彎上好的精鋼。

魔印防禦對象：火惡魔

首度出現於：《魔印人》

描述：火惡魔的眼睛、鼻孔、嘴巴會綻放熱氣騰騰的橘光。它們是體型最小的惡魔，大小介於兔子和小男孩之間。就與所有惡魔一樣，它們擁有長長的鉤爪，以及數排利齒。它們的外殼上布滿又利又硬的層層鱗片。火惡魔可以噴出一口口的火焰。它們的火唾液接觸到空氣就會猛烈燃燒，幾乎可以點燃包括金屬和石頭在內的所有物質。

魔印防禦對象：化身魔

首度出現於：《沙漠之矛》

描述：化身魔是心靈惡魔（惡魔王子）的菁英保鑣，據信是除了王子以外最聰明也最強大的惡魔。沒人見過它們的天然型態，它們有辦法化身爲任何生物，包括其他種類的惡魔，衣物、裝備一應俱全。這種惡魔缺乏創意，所以通常只會化身爲它們曾遇過的生物（除非惡魔王子直接指示）。它們最愛耍的把戲是變成受傷的人，假裝落難以降低獵物警覺。

魔印防禦對象：心靈惡魔

首度出現於：《沙漠之矛》

描述：心靈惡魔又稱地心魔物王子，是惡魔大軍的將領。它們的身軀脆弱，缺乏其他種類惡魔的天然防護，但擁有強大的心靈和魔法力量，能解讀並且控制心靈，以心靈共鳴的方式溝通，動念就能殺人。它們可以在空中比劃魔印並注入體內魔力，製造出一切魔法效果。其他大大小小地心魔物——無論強弱——都會毫不遲疑地執行它們發出的心靈命令，並犧牲自身性命守護它們。心靈惡魔連反射的陽光都無法忍受，只會在新月期間最黑暗的三天晚上現身。

魔印防禦對象：石惡魔

首度出現於：《魔印人》

描述：石惡魔是最大型的地心魔物品種，身高從六到二十呎都有。它們渾身都是結實的肌肉和銳利的邊緣，厚重黑殼上隆起尖角，帶刺的尾巴一甩就能打爆馬頭。它們靠雙爪躬身站立，多節的手臂末端長著屠刀般的利爪，嘴裡則有數排刀刃般的利齒。沒有任何已知的實際力量傷害得了石惡魔。

魔印防禦對象：沙惡魔

首度出現於：《魔印人》

描述：沙惡魔是石惡魔的表親。沙惡魔體型較小，動作也較靈巧，不過在地心魔物中依然屬於外殼最厚也最強壯的品種之一。它們長有鋒利的小鱗片，體色是與砂礫相差無幾的髒黃色，以四肢而非雙腳奔跑。幾排分層的牙齒如同口鼻部般突出於下顎，鼻孔向旁分開，十分接近上方沒有眼瞼的大眼。額頭上隆起堅硬的骨骼，一開始向前延伸，接著彎曲向後，如同尖銳的獸角般突起於鱗片間。它們會不斷甩動頭部，抖落不停吹拂的風沙。沙惡魔集體獵食，人稱「風暴」。

魔印防禦對象：雪惡魔

首度出現於：《公爵的礦坑》（*Dukes Mines*）

描述：雪惡魔外型酷似火惡魔，生長在冰冷的北方氣候和高海拔地區。它們純白的鱗片能融入雪地，口吐的唾液能在蒸發前瞬間冰凍接觸到的任何物體，金屬則會脆得立刻粉碎。

魔印防禦對象：沼澤惡魔

首度出現於：在《魔印人》中提及

描述：沼澤惡魔生長在沼澤及濕地，是木惡魔的兩棲型態，能輕鬆活動於水中及樹上。沼澤惡魔身上有綠色及褐色斑點，以便融入周遭環境。它們常常喜歡藏身在泥巴或淺水裡，並突然跳到獵物身上。它們黏稠的唾液能腐蝕任何接觸到的有機物質。

魔印防禦對象：水惡魔

首度出現於：《魔印人》中曾提到，在《沙漠之矛》登場

水惡魔之間體型差距很大，而且極少現身。它們身體很長，體表覆有鱗片，四肢末端的利爪間有蹼。有些水惡魔擁有觸角，觸角末端是尖銳的骨骼。它們只能在水裡呼吸，不過能浮出水面一段時間。水惡魔游泳的速度很快，喜歡攻擊魚類，但更偏好獵食溫血的哺乳動物，特別是膽敢在深夜航行的人類。

魔印防禦對象：風惡魔

首度出現於：《魔印人》

描述：風惡魔直立時肩膀大概與高個子男人差不多高，不過加上高高的頭冠，風惡魔的身高足足有八到九呎。它們大大的口鼻部像鳥喙般尖銳，嘴裡則藏有一排排利齒，利齒與男人的手指一樣粗。它們的皮膚是堅韌的護甲，足以抵擋任何矛尖或箭頭。具彈性的薄膜自身側沿著手骨向外延伸，形成巨大堅韌的翅膀。一般而言，展開時的雙翅長達其身高的三倍，末端長有利爪，能在俯衝時乾淨俐落地切斷人頭。風惡魔在地面上時動作笨拙緩慢，升空後則威力無窮，可以俯衝、攻擊，然後在落地前調轉方向，帶著獵物飛走。

魔印防禦對象：木惡魔

首度出現於：《魔印人》

描述：木惡魔是土生土長於森林中的惡魔。它們的體型與力量僅次於石惡魔，以後腳站立時平均身高五到十呎。後腿短而強健，肌肉發達的前肢較長，適合爬樹及在樹枝間跳躍。它們的爪子短小，爪尖銳利，專用以貫穿樹皮。木惡魔的外殼不論顏色或紋路都與樹皮十分相似，它們擁有一雙大大的黑眼。普通火焰傷不了木惡魔，不過遇上更高溫的火焰就會起火燃燒，比如說鎂火或火焰唾液。木惡魔一看到火惡魔就格殺勿論，而結群狩獵火惡魔的木惡魔則被稱爲「樹叢」。

攻擊（戰鬥）魔印

戰鬥魔印會從惡魔身上吸收魔力，削弱接觸點的惡魔外殼強度，將魔法重新轉化爲攻擊的力量。這股力量能以許多不同的方式呈現。

戰鬥魔印：鈍擊／衝擊

首度出現：《魔印人》

描述：此魔印能將地心魔物的魔力轉化爲撞擊的力量。原始攻擊的力道越強，轉化的力量也就越強。這種魔印可以用在任何鈍器上。

戰鬥魔印：切割

首度出現：《魔印人》

描述：把此魔印刻在利刃刃面上就能強化鋒利程度，讓武器能乾淨俐落地砍穿地心魔物的外殼和血肉。

戰鬥魔印：壓力（亞倫掌心上的魔印）

首度出現：《魔印人》

描述：壓力魔印會隨著與惡魔接觸越久而逐漸累積熱度與強度的壓碎力量。魔印人雙掌上各繪有一個，而他曾以雙掌壓爆惡魔的腦袋。

其他魔印

有些魔印因為年代久遠，以致功用並未流傳下來。由於想要測試魔印的功用就得接觸惡魔，自願進行測試的人並不多。

國家圖書館出版品預行編目資料

信使的遺產：魔印人短篇集／彼得・布雷特（Peter V. Brett）著；
戚建邦譯 ——初版・——台北市：蓋亞文化，2016. 11-
冊；公分 .——（Fever）
譯　自：The Great Bazaar and Other Stories; Brayan's Gold;
Messenger's Legacy
ISBN 978-986-319-233-6（平裝）

874.57　　　　　　　　　　　　105017041

Fever 054

信使的遺產：魔印人短篇集
MESSENGER'S LEGACY AND OTHER STORIES

作者／彼得・布雷特（Peter V. Brett）
譯者／戚建邦
封面設計／克里斯　　　　地圖插畫／爆野家
出版／蓋亞文化有限公司
地址◎台北市103赤峰街41巷7號1樓
電話◎（02）25585438　　傳真◎（02）25585439
網址◎http://gaeabooks.pixnet.net/blog
電子信箱◎gaea@gaeabooks.com.tw
投稿信箱◎editor@gaeabooks.com.tw
郵撥帳號◎19769541　戶名：蓋亞文化有限公司
法律顧問／宇達經貿法律事務所
總經銷／聯合發行股份有限公司
地址◎新北市新店區寶橋路二三五巷六弄六號二樓
電話◎（02）29178022　　傳真◎（02）29156275
港澳地區／一代匯集
電話◎（852）27838102　　傳真◎（852）23960050
地址◎九龍旺角塘尾道64號龍駒企業大廈10樓B&D室
初版一刷／2016年11月
定價／新台幣 250 元
Printed in Taiwan

ISBN／978-986-319-233-6